로크미디어가
유혹하는
재미있는 세상
ROK MEDIA
로크미디어

천외천의
주인

천외천의 주인 11

2021년 5월 10일 초판 1쇄 인쇄
2021년 5월 13일 초판 1쇄 발행

지은이 한수오
발행인 김정수 강준규

기획 이기헌 왕소현 박경무 강민구
책임편집 오영란
마케팅지원 배진경 임혜솔 송지유 이영선

발행처 (주)로크미디어
출판등록 2003년 3월 24일
주소 서울시 마포구 성암로 330 DMC첨단산업센터 318호
Tel (02)3273-5135 **편집** 070-7863-8596 **Fax** (02)3273-5134
홈페이지 rokmedia.com **E-mail** rokmedia@empas.com

값 8,000원

ISBN 979-11-354-9398-0 (11권)
ISBN 979-11-354-8621-0 04810 (세트)

한수오 신무협 장편소설

천외천의 주인

모사재인謀事在人, 성사재천成事在天

차례

구중천九重天 (1)

"아냐, 아직 일러!"

설무백의 말이었다.

그 자신도 모르게 무의식적으로 흘러나온 속내였다.

반역이라는 제갈명의 말에 안색이 변한 좌중의 모든 시선이 일시지간 그에게 쏠렸다.

제갈명이 그 모두를 대표하듯 미심쩍은 표정으로 물었다.

"아직 이르다니요?"

그는 대답을 기다리지 않고 자신의 실수를 인지하며 멋쩍은 기색을 드러낸 설무백을 뚫어지게 응시하다 자기가 던진 질문에 스스로 답했다.

"그러니까, 역모가 일어나긴 하는데, 지금은 아니다. 조금 더 나중에 일어날 거다. 뭐, 이런 얘기인 거죠?”

설무백은 피식 웃었다.

본의 아니게 속내가 샜지만, 딱히 감출 이유는 없었다.

여기서 숨기는 것이 더 이상했다.

“아니라고는 말 못하겠네.”

“예지력인 거죠?”

“돌아가는 상황도 그렇잖아.”

제갈명이 그건 아니라는 듯 턱을 주억거렸다.

“돌아가는 상황이야 역모죠. 남경 응천부의 수비는 기존의 영무위와 용호위, 그리고 진작부터 궁내에 집결해 있는 금의위의 주력만으로도 충분합니다. 전란이 일어난 것도 아닌데 좌군가 우군도독부의 정예병들을 집결시킨다는 것은 말이 안 됩니다.”

설무백은 집요하게 물고 늘어지는 제갈명을 외면하고 환사를 향해 물었다.

“이 녀석 지금은 괜찮은 거예요? 내게 보기엔 선을 넘은 것 같은데?”

그러나 그의 물음을 환사가 배반했다.

“그게 저도 그건 아닌 것 같아서…….”

설무백은 내심 제갈명과 환사의 사이를 자못 심각하게 걱정한 자신이 바보였다는 생각을 하며 말했다.

“묘안초도에게 응천부 전역에서 개미 새끼 하나가 움직여도 바로 내가 알 수 있을 정도의 정보망과 연락망을 구축해 두라고 했지. 자정 무렵에 벌어진 일이 이 새벽에 내게까지 전달될 수 있는 이유가 그 때문이야. 근데, 내가 남경 응천부에만 그리 신경을 썼을까?"

"아……!"

제갈명이 대번에 감을 잡았다.

"그럼 북경 순천부에도……?"

"그래, 이 의심 많고 따지기 좋아하는 수하 놈아!"

설무백은 자못 사납게 눈총을 주며 부연했다.

"응천부는 거리상으로 순천부보다 더 멀다. 그러니 지금 순천부에는 별다른 이상 징후가 없다는 소리다. 무언가 있었다면 먼저 연락이 왔을 테지."

그는 새삼 제갈명을 노려보며 면박을 더했다.

"너는 공격하는 사람보다 방어하는 사람이 먼저 움직이는 것을 봤냐?"

제갈명은 쩝쩝 입맛을 다시며 마치 자신이 따진 것이 아닌 것처럼 시치미를 떼고 물었다.

"과연 그렇군요. 그럼 좌군도독부와 우군도독부의 정예병들이 왜 갑자기 응천부 인근으로 집결하고, 금의위와 예하의 북진 무사 소속의 무사들은 왜 갑자기 소집된 걸까요?"

설무백은 한순간 제갈명의 술수에 넘어가서 심각한 표정이 되었다가 이내 깨달으며 미간을 찌푸렸다.

"그건 내가 아니라 네가 생각해 봐야 하는 거 아닐까? 명색이 우리 풍잔의 문상이잖아."

"아, 하하하……! 안 넘어가시네."

제갈명이 어색하게 웃으면서 뒷걸음질 쳤으나, 이미 늦었다.

환사가 번개처럼 손을 놀려서 그의 머리를 쥐어박았다.

"방자한 놈!"

이번에는 지은 죄가 있어서 그런지 제갈명이 머리를 감싸고 주저앉으면서도 비명을 지르지 않았다.

설무백은 그마저 용납하지 않고 다그쳤다.

"지금 네가 엄살이나 피고 있을 때냐?"

제갈명이 언제 주저앉았냐는 듯 발딱 일어나서 헤헤 웃는 얼굴로 손바닥을 비비며 굽실거렸다.

"무슨 시키실 일이라도……?"

설무백은 제갈명의 번개 같은 태세 변화에 절로 실소하며 눈총을 주었다.

"괜한 헛짓 말고 어서 그 잘난 머리나 좀 굴려 봐. 왜 그러는 것 같아?"

제갈명이 사전에 준비해 둔 것처럼 즉시 대답했다.

"이건 누가 봐도 제 경우처럼 남경 수비를 위한 이동입니다. 즉, 남경 수비를 위한 것처럼 보이게 하는 전략상 속임수고 진짜 의도는 따로 있다는 거겠지요."

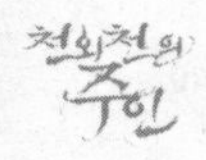

"그래서 따로 있는 그 진짜 의도는?"

"다 아시면서……!"

제갈명이 계집애처럼 입술을 삐쭉거리다가 환사의 눈빛이 예리해지는 것을 보고는 재빨리 덧붙여 말했다.

"역모를 대비하는 게 아니라면 남은 건 하나밖에 없죠. 새로운 주인을 맞이하기에 앞서 집안 청소를 하려는 거죠. 황위(皇位) 계승(繼承)요."

설무백은 묵묵히 고개를 끄덕였다.

기실 그 역시 같은 생각을 하고 있었다.

혹시나 하며 제삼 확인하는 기분으로 제갈명의 의중을 확인했던 것인데, 역시나 자신과 같은 생각을 한 제갈명의 대답을 듣고 보니 확실히 이거다 싶었다.

분명 황위 계승을 위한 황태손 즉위식이었다.

'하여간……!'

설무백은 새삼스러운 눈초리로 제갈명을 보았다.

정말 놀라운 잔머리였다.

기실 제갈명은 처음부터 사태를 정확히 직시했으면서 슬쩍 역모라는 말을 꺼내 사람들의 생각을 그쪽으로 쏠리게 만든 다음, 뒤늦게 황태손을 통한 황위 계승이라는 자신의 생각을 밝힌 것이다.

가만히 두면 누구든 황태손 즉위식 때문일지도 모른다는 생각을 할 수도 있을 테니, 자기가 나서서 물을 흐려 놓고 다시금 바로잡음으로서 자신을 돋보이게 하는 술수였다.
가히 일품의 잔머리.
사전에 계획하고 그랬다기보다는 본능적으로 혹은 반사적으로 머리가 그렇게 굴러간 것처럼 보여서 더욱 기가 막혔다.
하지만 그렇다고 해서 제갈명을 탓할 수는 없었다.
이건 어떤 상황에 직면했을 때 자신도 모르게 반복적으로 코를 킁킁 거리거나, 뒷머리를 긁적이는 것처럼 습관이나 버릇을 넘어선 일종의 습성.
그리고 타고난 본능과 같아서 고칠 수 있는 것이 아니었기 때문이다.
'어쩌면 자기 자신도 모르고 있을 수도…….'
설무백은 제갈명의 그런 점을 인정하고 정말 황태손 즉위식이 맞다 해도 못내 미심쩍은 부분을 마저 확인했다.
"오군도독부의 주력인 좌군도독부와 우군도독부의 정예병들이 나섰어. 누군가 그 시점을 노릴지도 모른다고 생각해서 사전에 나선 방어치고는 너무 과하게 시끌벅적 성대한 것 아닌가?"
제갈명이 대수롭지 대답했다.
"저도 그런 면이 없지 않아 있다는 생각이 들어서 잠시 따져 봤더니, 그럴 만한 이유가 딱 하나 있더군요."
"뭐지, 그게?"

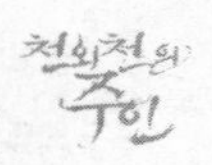

"청소가 힘들면 그럴 수도 있죠. 버거운 청소를 하고 있는데, 밖에서 손님이 찾아오면 죽도 밥도 안 되는 경우가 생길 수도 있잖아요. 그러니 외부의 적이 접근하지 못하도록 사전에 차단하려는 의도로 요란스럽게, 모두가 알 수 있도록 왁자지껄하게 군을 동원하는 거지요. 감히 엄두도 내지 마라, 뭐 이런 느낌?"

"순천부를 염두에 두고 말이지?"

"당연한 거 아닌가요?"

설무백은 제갈명의 말에 수긍해 고개를 끄덕이면서도 본의 아니게 살짝 미간을 찌푸렸다.

그가 그런 데에는 이유가 있었다.

청소는 정말로 안팎을 쓸고 닦는다는 의미가 아니라 궁성 내부의 적이나 간세를 소탕한다는 뜻이며, 순천부는 연왕을 의미한다.

즉, 제갈명은 현 황제가 궁성 내부의 불손한 무리를 척결해서 자칫 황태손 즉위식의 과정에서 일어날 수 있는 내부의 불협화음과 외부의 도발을 미연에 차단하려고 하는데, 의외로 내부의 불손한 무리를 처리하는 것이 쉽지 않아서 허장성세(虛張聲勢)를 부린다고 생각하는 것이다.

그런데 지금껏 그가 수집한 정보에 따르면 궁성은 물론 남경 응천부에는 현 황제를 추종하는 무리만 모여 있었다.

그럼 이건 그들 중에도 황제의 뜻에 반하는 생각을 가진 자들이 있다는 뜻이고, 그가 모를 만큼 은밀한 그들의 힘이 현 황제에게 그와 같은 계략을 강제할 정도로 막강한 힘을 가졌다는 뜻이기도 했다.

쉽게 납득하기 어려운 일이었다.

"현 황제는 무능하지 않아. 적어도 적아를 가리는 데 탁월한 식견을 가진 사람이지. 그런 어른이 자신이 감당하기 어려울 정도로 강한 내부의 적을 그간 내내 그냥 지켜보며 방치하고 있다는 것이 어디 가당키나 할까?"

설무백의 말이 끝나기 무섭게 제갈명이 의미심장하게 웃으며 대꾸했다.

"알고도 방치한 것이 아니라 어느 날 보니 그들이 거기에 있었을 겁니다."

"이제야 알았다?"

"예. 나라를 좀먹은 탐관오리(貪官汚吏)는 벼 사이에 자라나는 피와 같아서 없을 수가 없고, 있으면 적게 있을 수가 없지요. 이건 세상에 착한 사람은 두 사람밖에 없는데, 하나는 죽은 사람이고, 다른 하나는 아직 태어나지 않은 사람이라는 것과 같은 이치입니다."

"그거 너무 비약이 심한 것 아니냐?"

"쳇!"

제갈명이 대뜸 혀를 차면서 삐딱하게 설무백을 노려보았다.

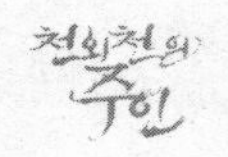

"괜한 말씀 마세요. 계속된 반문으로 말꼬리를 잡고 늘어지시는 것을 보니, 주군께서도 이미 그런 쪽으로 생각은 하고 있지만 확신이 없어서 제 머리에 기댄 거잖아요."

설무백은 폐부를 찔린 것 같아 뭐라고 할 말이 없었다.

제갈명이 그런 그를 능글맞은 표정, 능청스러운 눈빛으로 바라보며 두 팔을 벌렸다.

"받들어 모시는 상관에게 인정을 받는다는 것과 격려를 받는다는 것은 수하에게 있어서 무언가를 할 수 있도록 만드는 원동력이 됩니다. 조금 부족하더라도 칭찬으로 용기를 주신다면 수하는 자신의 모든 역량을 다 동원해서 노력하고 충성을 다하고 싶어지는 겁니다. 자, 그러니 어서 칭찬해 주세요. 악!"

그는 두 팔을 벌리던 도중에 비명을 지르며 그 손으로 머리를 감쌌다.

환사가 대뜸 설무백 대신에 나서서 제갈명의 뒤통수를 한 대 갈겼던 것이다.

"하여간 요놈은 틈만 보이면 선을 넘어요!"

제갈명이 발딱 고개를 쳐들고 환사를 노려보았다.

환사가 그럴 줄 알았다는 듯 거듭 주먹을 쳐들었다.

이에 제갈명은 역시 짐작하고 있었다는 듯 재빨리 뒤로 물러나며 경고했다.

"주군께서 아직 제게 물어볼 게 남아 있으실 텐데, 확 혀를 깨물어 버리기 전에 어서 그 손 내리죠?"

환사가 실소했다.

"네놈이 혀 깨물고 죽을 용기가 있냐?"

제갈명이 기세등등하게 턱을 내밀며 시근덕거렸다.

"누가 죽는다고 했어요, 혀 깨문다고 했죠! 한 며칠 발음이 새서 말을 제대로 못할 정도로 혀 깨물 용기는 제게도 있다고요!"

환사가 정말이지 어처구니가 없다는 표정으로 거듭 헛웃음을 흘렸다.

"아니, 뭐 이런 놈이 다 있지?"

설무백은 잠시 그들의 대거리와 상관없이 생각에 잠겼다가 깨어나서 주위를 환기시켰다.

"자, 자. 괜한 소리들 말고, 우선 제갈 문상."

제갈명은 문상이라는 말에 고무된 듯 일그러졌던 인상을 펴며 대답했다.

"옙. 무슨 시키실 일이라도……?"

"북련과 남맹의 변화는 석자문에게 일임해 두었으니, 너는 순천부의 동향을 좀 상세히 알아보고, 이번 사태로 무언가 준동하는 낌새가 있으면 즉시 차단해."

"예? 제가 혼자서 어떻게 그걸……?"

"방양에게 연락해 봐. 그럼 그쪽 동향도 보다 더 상세히 알 수 있을 거고, 가능한 길을 알려 줄 거야."

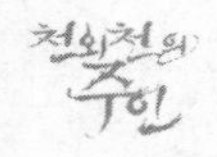

"아, 예. 알겠습니다!"

제갈명이 수긍하며 대답하기 무섭게 설무백의 시선이 예충에게 돌려졌다.

"이번 일은 변수가 많으니, 곁에서 좀 도와주세요."

예충이 고개를 숙였다.

"알겠습니다."

설무백의 시선이 이번에는 풍사와 천타에게 돌아갔다.

"누가 나서도 좋으니, 지금 이 순간부터 나를 찾아오는 무도자들은 예의고 뭐가 간에 전부 다 홀딱 벗겨서 알몸으로 내쫓도록 해. 소문이 세상 밖으로 다 퍼져서 앞으로는 그 누구도 쉽게 나서지 못하도록 말이야."

"깔끔하게 처리하려면……?"

천타가 말을 흐리며 풍사를 쳐다봤다.

풍사가 어쩔 수 없다는 듯 입맛을 다시며 말했다.

"제가 처리하지요."

설무백은 특유의 미온한 미소를 지어 보이는 것으로 기꺼워하고는 환사와 천월에게 시선을 주었다.

"두 분은 여태까지처럼 그저 자리만 지켜 주시면 돼요. 무슨 말인지 아시겠죠?"

말미에 던진 질문과 함께 그의 시선이 슬며시 창문으로 돌아갔다.

그 순간.

"쳇!"

창문 밖에서 혀를 차는 소리가 들려왔다.

어느새 창가로 다가와 있던 적현자의 혓소리였다.

다만 좌중의 그 누구도 이렇다 할 반응을 보이는 사람이 없었다.

다들 이미 적현자의 접근을 눈치채고 있었기 때문이다.

와중에 환사가 아쉬워했다.

"애들 얼굴도 안 보고 이대로 그냥 가시게요?"

"못내 마음에 걸리는 것이 있어서 아무래도 순천부 쪽은 제가 직접 확인해야겠어요. 안 그래도 처리할 문제가 있어서 곧 떠날 참이었는데, 잘됐죠, 뭐."

설무백은 사정을 토로하며 자리를 탈고 일어나 마지막으로 모두에게 당부했다.

"아직 아니라고 생각하지만 벌써 다가온 것일 수도 있으니까 다들 매사에 신중, 또 신중. 알았죠?"

설무백은 서둘러 풍잔을 나서긴 했으나, 곧장 난주를 벗어나지는 않았다.

난주는커녕 풍잔이 자리한 저잣거리를 벗어나는 데도 적잖은 시간이 걸렸다.

이번에는 난주를 떠나기 전에 필히 방문할 곳이 있었기 때문이다.

그곳은 풍잔이 자리한 저잣거리를 조금 벗어나서 성문으

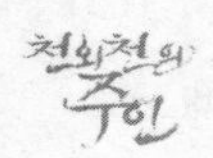

로 가는 외진 골목길에 자리한 작은 다점(茶店 : 찻집)이었다.

장소가 외진 골목길이라는 점은 둘째 치고, '이향다점(離鄉茶店)'이라 새겨진 간판을 삐뚤게 내건 건물 자체가 너무 낡고 허름해서 과연 손님이 있을까 싶은 의심이 절로 드는 다점이었는데, 이른 새벽이라 아직 장사를 시작하지 않아서 그런지는 몰라도 완전히 폐가와 다름없었다.

그러나 폐가가 아니었고, 그 안에는 사람도 있었다.

칠순 혹은 팔순 정도 되었을까?

비록 빛바랜 낡은 마의지만, 정성껏 다려서 입은 반듯한 용모의 노파 하나가 구부정한 허리로 이리저리 오가며 문 열 준비를 하는 듯 청소를 하고 있었다.

이향다점의 주인이자 종업원인 노파, 냉대고(冷大姑)였다.

노파 냉대고는 직원 하나 없이 혼자서 이향다점을 꾸려 나가고 있었다.

"잠시 여기서 기다려."

설무백은 아직 장사를 시작하지는 않았으나, 청소를 하면서 환기하느라 반쯤 열어 놓은 문틈 사이로 냉대고를 확인하고는 공야무륵과 위지건을 문가에 세워 두고 안으로 들어갔다.

희끄무레하게 동녘이 밝아오는 새벽이었다.

아직 등불도 밝혀놓지 않아 어두침침한 실내에서 물걸레로 열심히 탁자를 닦고 있던 냉대고가 안으로 들어서는 그를 힐끗 일별하며 말했다.

"장사 시작하려면 아직 멀었으니, 나중에 다시 와요."

그러나 설무백은 상관하지 않고 들어가서 안쪽의 탁자에 자리를 잡고 앉으며 말했다.

"알았으니, 잠깐 이리로 와 봐요."

청수 노파가 탁자를 닦던 손길을 멈추며 대체 무슨 말이냐는 듯 멀거니 설무백을 바라보았다.

설무백은 가볍게 탁자를 두드리며 재촉했다.

"아, 어서요."

냉대고가 그제야 마지못한 듯 다가와서 그의 맞은편 의자를 빼서 앉았다.

설무백은 특유의 미온한 미소를 드러내며 그녀를 살펴보았다.

"청승맞게 혼자서 이게 뭐예요?"

"……?"

"이제 그만 돌아가세요."

"……?"

"이 정도 곁에서 지켜봤으면 충분하잖아요."

"……!"

냉대고가 구부정하 자세를 유지하던 허리를 슬쩍 피며 설무백을 삐딱하게 바라보았다.

말없이 바라보는 그녀의 눈빛에 찰나의 번민이 스쳐 지나

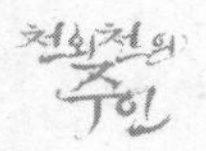

갔다.

설무백은 사뭇 냉정하게 눈총을 주었다.

"왜 대답이 없어요? 설마 내가 여태 몰랐을 거라고 생각한 건 아니죠?"

"흠흠."

냉대고가 무덤덤한 안색과 달리 흔들리는 눈빛으로 헛기침을 하고는 말했다.

"내가 바보도 아니고 왜 모르겠습니까. 각별히 향이 좋은 차를 파는 것도 아닌데, 이런 후미진 곳의 허름한 찻집에 하루하루 손님이 끊이지 않고 찾아오는 것을요. 그것도 그 흔한 주정뱅이 하나가 없이요. 누가 뒤에서 봐주지 않고는 절대 있을 수 없는 일이지요."

사실이었다.

차 맛이야 차치하고, 후지진 구석에 자리한데다가 낡고 허름해서 손님은커녕 개미 새끼 한 마리도 찾지 않을 것 같은 이향다점은 의외로 손님이 많았다.

그리고 그건 냉대고의 예상처럼 누군가 뒤를 봐주고 있었기 때문이다.

바로 설무백이었다.

"그걸 알면서도 잘도 버티셨네요. 나 같으면 무안해서라도 얼른 철수했을 걸요, 아마?"

"무안하긴요. 저는 오히려 좋았네요. 제가 누군지 이미 알고 계시다고 생각하니 마음 편하게 지켜볼 수 있잖아요."

냉대고가 천연덕스럽게 대꾸하고는 가만히 한 손을 들어서 슬쩍 얼굴을 문질렀다.

순간, 그녀의 얼굴이 비정상적으로 일그러지며 한 꺼풀이 벗겨져 나왔다.

무림인이 변장을 할 때 주로 사용하는 인피면구(人皮面具)였다.

인피면구를 떼어 내고 새로운 얼굴을 드러낸 냉대고가 멋쩍은 표정으로 웃었다.

그녀는 바로 육십 대의 나이가 무색하게 고운 중년의 여인으로밖에는 안 보이는 양가장의 유모 냉연이었다.

"사실 원래는 쓸 만한 애를 하나 도련님 곁에 붙여 두고 돌아갈 생각이었어요. 그게 아씨의 부탁이었거든요. 그런데 하루가 다르게 성장하는 도련님을 지켜보는 재미가 정말 쏠쏠해서 시간 가는 줄 모르다가 결국 이렇게 됐네요. 그야말로 신선놀음에 도끼 자루 썩는 줄 몰랐던 거죠."

설무백은 인피면구를 벗고 본래의 기도까지 드러내며 여전히 예사롭지 않은 기운을 풍기는 냉연의 모습에 새삼 감탄했다.

"여전하네요, 유모는. 멋져요."

"납득할 만한 이유라면 가지 말라고 해도 갈 테니까, 굳이 그리 제 얼굴에 금칠하지 않아도 되요."

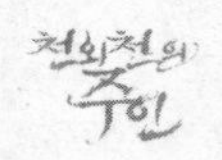

냉연이 싫지 않은 표정이면서도 말로는 설무백의 칭찬을 사양하며 재우쳐 물었다.

"어디 한번 말씀해 보세요. 제가 보기엔 별일 없어 보이던데, 왜 갑자기 저를 내쫓으시려는 거예요?"

설무백은 있는 그대로 솔직하게 말해 주었다.

"저도 잘 몰라서 그래요. 분명 별일 없을 것 같은데, 이상하게도 그에 대한 확신이 없네요. 그러니 그냥 제 말에 따라줘요. 어머님의 곁에 유모가 있어야 내 마음이 편할 것 같으니까."

냉연이 벌레를 씹은 것처럼 오만상을 찡그린 채 입맛을 다시며 중얼거렸다.

"전부터 알고 있는 사실이지만, 도련님은 참으로 영악하세요. 늘 이렇게 따르기 싫어도 못내 따를 수밖에 없도록 만드시니 말이에요."

그녀는 웃는 낯으로 다시 말했다.

"알겠어요. 안 그래도 아씨 얼굴을 본 지가 하도 오래라 가물가물 기억에서 흐려지는 통에 이제 갈 때가 됐구나 하던 참이었으니, 이만 철수하도록 하지요. 대신, 하나만 알려 주세요."

그녀가 문득 정색하며 물었다.

"산장의 참한 아가씨하고 소매치기로 잔뼈가 굵은 여장부, 그리고 살살거리면서 도련님의 주변을 맴도는 어린 요물

중에서 누가 우리 아씨의 며느리 감인 거예요?"

"유모!"

설무백이 짐짓 미간을 찌푸리자, 냉연이 재빨리 자리를 털고 일어났다.

"아, 알았어요. 누군들 어떻겠어요. 대장부 여자야 다다익선(多多益善)이죠."

설무백은 어이없어하며 실소하다가 이내 깜빡 잊고 있던 것을 기억하고 돌아서는 냉연의 소매를 잡았다.

"……왜요?"

냉연이 어리둥절해하며 돌아보았다.

설무백은 전날 풍화장에서 대력귀에게 건넨 것과 똑같은 붉은 색의 작은 주머니 하나를 품속에서 꺼내어 그녀에게 건넸다.

"어머니께 전해 줘요. 그때가 언제일지는 모르겠지만, 어머니 혼자 절대 해결할 수 없는 문제가 생겼을 때 확인해 보시라고 하세요."

"……!"

냉연이 잠깐동안 심각해진 눈치로 그와 주머니를 번갈아 보다가 이내 낚아채듯 주머니를 가져가며 전에 없이 배시시 웃어 주었다.

"무슨 일이 있어도 걱정 마세요, 도련님. 아씨 곁에는 항상 제가 있을 테니까요."

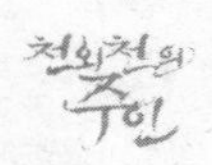

정말로 믿음이 가고 마음이 놓이는 말이었다.

설무백은 그제야 더 없이 편안한 마음으로 난주를 떠나서 남경 응천부로 향할 수 있었다.

구중천九重天 (2)

남경 응천부에 도착한 설무백이 가장 먼저 만날 사람은 귀매 사사무였다.

설무백은 사전에 연락을 취하고 온 것은 아님에도 불구하고 일정한 근거지를 가지고 있지 않는 사사무를 만나는 것은 그리 어렵지 않았다.

그저 응천부의 서문 밖에 좌판을 깔고 앉아서 길흉화복(吉凶禍福)을 점치는 추레한 몰골의 늙은 점쟁이, 일청도인(一靑道人)에게 복채(卜債)로 동전 하나를 건네며 사사무의 위치를 물으면 되었다.

일청도인은 하오문의 제자이며, 사사무가 자리를 옮기거나 위치를 변경할 때마다 사전에 알려 주는 설무백과의 연락망 중 하나였다.

설무백은 사전에 정해 놓은 그 절차에 따라 사사무를 찾아갔다.

일청도인은 성문 밖으로 이어진 대로를 한참 벗어나서 외진 산길에 자리한 작고 허름한 객잔으로 그를 안내했다.

'백양반점(白陽飯店)'이라고 새겨진 간판이 삐뚤게 걸려 있는 낡은 건물이었다.

해가 중천에 든 정오 무렵에 도착했음에도 불구하고 이름처럼 하얀 햇빛이 들기는커녕 우거진 아름드리나무숲에 가려져서 축축하게 그늘진 그곳, 백양반점의 이 층 객방이 당분간 사사무가 머물 거처라는 것이 일청도인의 설명이었다.

"일청이오!"

일청도인은 마치 자기 집에 온 것처럼 자연스럽게 백양반점의 문을 열고 들어가 소리쳤다.

하지만 그의 말에 대꾸를 하거나 마중을 나오는 사람은 없었다.

문 안쪽은 다른 보통의 반점과 마찬가지로 탁자들이 줄지어 늘어선 객정이었는데, 점소이는커녕 손님들조차 보이지 않았다.

원래 이렇게 장사가 안 되는 곳일까?

절로 찾아든 설무백의 의문과 상관없이 일청도인은 거침없이 안으로 들어갔다.

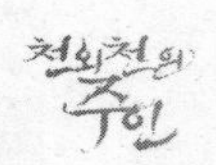

일청도인이 안으로 들어서며 자신을 알린 것은 일종의 흑화(黑話)였고, 그것으로 여기 백양반점을 둘러싼 모든 경계가 풀린 것이었다.

설무백은 급격히 부상했다가 조용히 수그러드는 주변의 살기로 그것을 알 수 있었다.

일청도인은 묵묵히 앞서 나가는 것으로 그런 그와 공야무륵 등을 안내했다.

안쪽으로 깊숙이 들어가자 반쯤 가려진 주방의 문 옆에 위로 올라가는 계단이 있었다.

일청도인은 그 계단을 통해서 이 층으로 올라갔다.

일 층의 객청도 그랬지만 이 층도 창문이 없고 등불도 밝혀 놓지 않아서 대낮임에도 어두침침했다.

설무백이 일청도인의 뒤를 따라서 이 층으로 올라서기 무섭게 어두운 그늘 속에 서 있던 사내 하나가 깊숙이 고개를 숙이며 말했다.

"끝 방입니다."

사내는 하오문의 제자로 보였으나, 설무백이 누군지 전혀 모르는 눈치였다.

그는 오직 일청도인만을 보며 고개를 숙였다.

설무백의 신분을 알고 있는 일청도인도 그런 사내의 태도를 당연하다는 듯이 받아들이며 지나갔다.

무공의 고하를 떠나서 바로 윗선과 바로 아랫선하고만 관계를 맺을 뿐, 그 이상이나 그 이하하고는 시선조차 마주하지 않는 철저한 점조직인 하오문의 체계가 새삼 엿보이는 순간이었다.

그리고 또 그런 하오문의 체계에 순종하는 두 명의 사내가 방의 위치를 알려 준 사내의 곁을 지나서 이 층 복도의 끝에 자리한 방문 앞에 있었다.

두 사내가 일청도인을 보기 무섭게 깊숙이 허리를 숙인 채 기다리고 있었다.

일청도인은 그 앞에 서서 방문을 열어 주며 설무백을 향해 소개를 숙였다.

"아삼(阿參)와 이랑(二郎)입니다. 저는 다시 나가 봐야 할 테니, 뭐라도 시키실 일이 있으시면 이놈들을 부리십시오. 재주가 남다른 놈들이라 무슨 일을 시켜도 실망하지 않으실 겁니다."

"그러지."

설무백은 무심하게 대꾸하고 고개를 끄덕여 주었으나, 이제 그의 눈빛은 처음과 달리 차갑게 식어 있었다.

이제야 정말 촉이 왔다.

그는 무언가 심상치 않은 사태가 벌어졌음이 느껴졌다.

그리고 아니나 다를까, 그의 직감은 옳았다.

작은 탁자와 의자, 한쪽에 오래된 장롱도 있는 방은 의외로 깨끗한 편이었다.

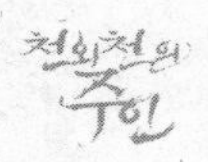

그러나 구석에 놓인 침상의 벽에 등을 기대고 앉은 사사무는 일어나지도 못한 채 멋쩍은 미소를 흘리며 인사하고 있었다.

"오셨습니까, 주군. 몰골이 이래서 감히 마중하지 못했습니다."

어디를 어떻게 다친 것일까?

한쪽 어깨와 가슴, 복부까지 붕대로 친친 감은 사사무의 상체는 온통 붉었다.

"실은……!"

"나중에!"

설무백은 굳이 상체를 숙여서 낮은 자세를 취하며 무언가 보고를 하려는 사사무의 말문을 막으며 다가가서 그의 가슴과 팔, 목덜미에 손을 대어 진맥하고, 이내 손목의 맥(脈)을 짚었다.

고수가 되면 딱히 의술을 배우지 않았어도 기를 흘려보냄으로써 상대방이 익힌 기의 종류와 성취는 물론, 불균형을 이루거나 뒤엉킨 기의 상태도 정확하게 파악할 수 있었다.

설무백은 손가락 끝으로 미미한 기를 흘려보내서 사사무의 혈맥을 염탐하듯 돌아다니며 균형을 이루지 못하고 조금이라도 이상하거나 뒤엉킨 부분 혹은 좁혀졌거나 막힌 기혈을 섬세하게 살피고 확인했다.

다행히 생명을 건드리는 중한 내상은 아니었다.

하지만 그렇다고 그냥 방치해도 좋을 정도로 가벼운 내상도 아니었기에, 그는 진맥을 끝낸 다음, 어깨와 가슴 복부까지 친친 감긴 붕대를 풀어서 외상을 살펴보았다.

"……?"

설무백은 붕대 속에 감추어져 있던 사사무의 외상을 확인하는 순간 절로 고개를 갸웃거렸다.

사사무의 외상은 가볍고 중하고를 떠나서 참으로 묘했다.

사람의 권이나 장, 검에 타격을 입거나 베인 상처가 아니었다.

마치 야수의 이빨과 손톱에 당한 것처럼 뜯기고 파이고 긁힌 상처였다.

'절대의 외문기공을 익힌 고수라는 건가?'

상처를 보고 그가 유추할 수 있는 답은 그거 하나였다.

사사무의 능력을 감안할 때, 상대의 외문기공은 가히 작금의 강호 무림에서 손가락에 꼽힐 정도의 강자라는 결론이 나왔다.

설무백은 슬쩍 뒤에 시립한 일인전승의 외문기공 고수 위지건에게 시선을 주며 물었다.

"말해 봐. 너라면 어때? 귀매에게 이 정도 상처를 입힐 수 있겠어?"

위지건은 뚜벅뚜벅 다가와서 위지건의 상처를 유심히 살펴보고는 이내 듬성듬성 빠진 이로 인해 더욱 미욱해 보이는 표정으로 대답했다.

"아, 그게…… 이 상처, 정말 가까운 거리에서 입힌 겁니다, 거의 한 몸처럼 바싹 붙어서요. 그러니 만약 제가 그런다고 하면 음……! 아무래도 저 역시도 이 상처에 준하는 상처를 각오해야 가능할 것 같습니다."

사사무가 눈을 빛냈다.

상처만 보고 당시의 상황을 직접 본 것처럼 정확히 유추하는 위지건이 놀라운 것이었다.

설무백은 그런 사사무를 향해 물었다.

"어땠어?"

그러자 사사무가 붉게 변한 얼굴로 고개를 숙였다.

"죄송합니다, 주군!"

"누가 사과하래, 지금?"

"아, 그게……! 저는 놈에게 일말의 상처도 입히지 못했습니다. 놈은 저의 칼을 맨손으로 잡고 팔뚝으로 막았으나 옷깃만 날렸을 뿐, 상처 하나 입지 않았습니다."

사사무의 대답이 끝나자 다른 누구보다도 위지건이 크게 놀라서 말을 더듬었다.

"그, 그 정도라면 본파의 시조이신 청우조사의 경지와 버금간다는……! 어디 한번 다시……!"

설무백은 슬쩍 손을 내밀어서 사사무의 상처를 다시 한번 살펴보려는 위지건을 뒤로 물렸다.

그리고 침상 끝에 자리를 잡고 앉아 본격적인 상황을 물었다.

"좋아, 어디 한번 제대로 된 상황을 들어 보자. 대체 어디서 어떻게 만난 누구냐?"

그의 물음에 사사무가 새삼 어두워진 낯빛으로 설명을 시작했다.

"아, 그게 상대가 누구인지는 저도 모릅니다. 사십대로 보이는 사내였는데, 저도 처음 보는 자였습니다. 그러니까. 제가 주군과 헤어진 다음 응천부에 도착했을 때였는데……."

응천부에 도착한 사사무는 곧바로 열 명의 귀영을 모두 다 소집해서 자리를 비운 동안의 상황을 점검했다.

별다른 변화는 없었다.

병필태감 좌윤이 요사이 주색에 빠져서 밤마다 남몰래 궁성을 빠져나와 기루를 찾는다는 점이 이전과 달라진 유일한 변화였다.

기실 이건 그냥 넘길 수도 있는 문제였다.

남성을 잃은 환관이 무슨 주색이냐고 말하는 사람이 있을 수도 있지만, 그건 환관의 세계를 모르는 사람이나 하는 말이었다.

모순적이게도 환관들은 남성이 없기 때문에 더욱 주색에 빠지는 경우가 흔했다.

인간은 자기가 가질 수 없는 것에 대한 욕구가 다른 그 어떤 욕구보다 강하다.

다만 환관의 성욕은 실제적인 행위를 할 수 없다는 것에 대한 보상 심리가 작용하는 까닭인지 매우 가학적인 변태로 빠지는 경우가 많아서 좀처럼 상대를 찾기가 쉽지 않았는데, 기루라면 얘기가 달라졌다.

기루 중에는 그 어떤 변태적인 행위도 능히 받아 줄 수 있는 기녀를 기르는 기루가 얼마든지 있었다.

그러나 사사무는 그 모든 상황을 능히 참작하고 있으면서도 그와 같은 얘기를 듣기 무섭게 좌윤을 감시하던 귀삼영(鬼三影)과 함께 나섰다.

제아무리 이해할 수 있는 상황이라도 엄연히 전에 없던 변화이기에 직접 자신의 눈으로 확인하려고 했던 것이다.

좌윤이 야심한 시각에 남몰래 궁성을 빠져나와서 찾아간 기루는 남경의 남문이자 정문인 취보문(聚寶門 : 지금의 중화문(中華門))의 안쪽에 자리 잡은 대로변의, 소위 남문대로변의 호화루(豪華樓)였다.

사사무는 좌윤이 달랑 호위 하나만을 대동한 채 이리저리 주변의 눈치를 살피며 들어간 호화루의 별채에서 바로 정체 모를 그자를 만났다.

이름처럼 호화롭지는 않지만 매우 크고 넓은 규모인 호화루는 경계가 매우 철저했다.

아마도 그건 세상의 그 어떤 퇴패적인 행위도 가능하다는 세간의 소문과 무관하지 않을 텐데, 사사무는 주변의 경계를 의식해서 멀찍이 떨어진 상태로 좌윤이 들어간 별채를 감시하던 귀삼영과 달리 별채의 창가에까지 다가갔다.

사사무의 은신술은 귀삼영과 달리 호화루에 펼쳐진 경계를 그다지 신경 쓰지 않아도 될 정도로 뛰어났기 때문이다.

그리고 그는 그곳에서 알게 되었다.

좌윤은 귀삼영의 보고와 달리 단순히 주색을 탐해서 호화루를 방문한 것이 아니었다.

창가에 박쥐처럼 달라붙어 사사무가 들은 것은 그것과는 거리가 멀게 느껴지는 은밀한 속닥임이었다.

그리고 워낙 낮고 은밀해서 제대로 들을 수 없는 그 속삭임 속에서 그가 한순간 정확히 들은 것은 궁성 내에서조차 아는 사람만 알 정도로 장막에 가려진 인물인 금의위장(錦衣衛將)도, 즉 금의위의 수장인 대영반(大令班)도 그들의 편에 섰다는 좌윤의 말이었다.

매사에 철저하게 냉정을 지키던 사사무도 그처럼 예기치 않은 상황에서 들은 예기치 못한 말로 인해 격동했다.

그 순간에 창문을 박살 냄과 동시에 튀어나온 것이 거무튀튀한 철제 가면으로 두 눈과 얼굴의 반쪽가량을 가린 바로 그자였다.

"메치기와 꺾기를 주로 하는 솔각(摔角)류의 권법이었습니다. 한마디로 외문기공의 고수들이 주로 사용하는 수법인

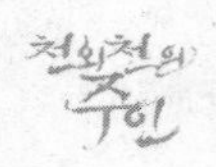

데, 투박하게 보일 정도로 빠르고 영활하진 않아도 적재적소를 사전에 차단하는 움직임이었고, 무엇보다도 강력해서 저로서는 역부족이라 그 자리를 빠져나오는 것이 최선이었습니다."

설무백은 가만히 고개를 끄덕이며 물었다.

"그럼 지금 귀삼영이 그자의 뒤를 추적하고 있는 건가?"

"예, 아무래도 그런 것 같습니다. 일이 틀어질 경우 모처에서 만나기로 되어 있었는데, 나타나지 않았습니다. 혹시 몰라서 돌아온 직후에 귀이영(鬼二影)을 그쪽으로 보내 두었으니 조만간 답이 나올 겁니다."

사사무의 말대로 귀삼영이 정체불명의 그자를 추종하고 있다면 조만간 답이 나올 터였다.

귀영들은 누구를 따르고 어디로 이동하든지 자기들만의 독특한 표식을 남겨서 동료들에게 자신의 위치를 알 수 있도록 하기 때문이다.

"어제라면 좌군도독부와 우군도독부의 군사들이 움직인 지 나흘 만에 벌어진 상황인 건가?"

"예, 그렇습니다."

"음."

설무백은 절로 침음을 흘렸다.

이건 정말 예사롭지 않은 사건이었다.

병필태감 좌윤은 수당태감 고렴과 더불어 정정보의 수족

으로 알려진 자였다.

결국 이건 사례태감 정정보가 황태손 즉위식이라는 대사를 앞두고 외부의 누군가와 손을 잡았다는 뜻인데, 일인지하(一人之下), 만인지상(萬人之上)의 자리에서 황궁의 전권을 휘두르는 정정보에게 과연 그럴 이유가 어디에 있을 것인가.

설무백은 잠시 생각에 잠겼다.

'정정보는 죽는다!'

사실이었다.

당금 황제의 총애를 한 몸에 받던 정정보는 차기 황위 계승을 자기 뜻대로 이루며 영화를 이어 가려 하지만, 결국 그로 인해 반정에 나선 북풍 순천부의 호랑이에게 목숨을 잃는다.

환관의 권력은 어쩔 수 없이 황제의 총애에서 나오는 법이라 다음 대 황제를 제대로 선택하지 못한 그에게 돌아갈 것은 죽음밖에 없었다.

기실 마음만 먹으면 얼마든지 쥐도 새도 모르게 정정보를 암살할 수 있다고 생각하는 지금의 설무백이 굳이 나서지 않는 이유가 거기에 있었다.

순리에 따라 어차피 죽을 목숨을 제거하기 위해 굳이 손에 피를 묻힐 필요는 없다는 것이 그의 생각이었다.

그런데 이건 곤란했다.

정정보가 이 정도로 강력한 외부의 힘과 손을 잡았다면 그

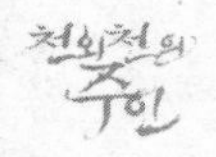

가 생각하지 못한 변수로 작용할 수도 있었다.

즉, 정정보가 황태손 즉위식을 성사하는 것에 만족하지 않고 미래의 걸림돌이 될 수도 있는 순천부의 호랑이를, 바로 연왕 주체를 제거하려 들 수도 있었다.

'그건 안 될 말이지!'

설무백은 상념의 끝에서 마음을 다잡았다.

현실로 돌아온 그는 자리에서 일어나 사사무에게 물었다.

"소간이나 선지 먹어 본 적 있지?"

"예? 아, 예."

사사무가 얼떨결에 대답하고 어리둥절한 표정으로 눈을 끔뻑거렸다. 그의 침상 옆에는 검 한 자루가 세워져 있었다.

그가 자신의 검을 손에 닿는 곁에 놓아둔 것일 텐데, 설무백이 갑자기 그 검을 잡아서 뽑아 들었다.

"아 해 봐."

"예?"

"아 하고 입 좀 벌려 보라고."

"아……!"

사사무가 새삼 얼떨결에 대답하며 아 하고 입을 벌렸다.

설무백이 나직이 일갈했다.

"위로!"

사사무가 흠칫하며 고개를 쳐들었다.

설무백은 그제야 자신의 손바닥을 사사무의 입에 대고 검으로 그었다.

손바닥이 갈라지며 피가 보였다.

설무백은 재빨리 주먹을 쥐어서 핏물을 뭉치게 해 사사무의 입안으로 넣었다.

"……!"

사사무가 깜짝 놀라서 눈을 크게 떴다.

본능적으로 꿈틀 움직이려는 그를 향해 설무백이 재차 일갈했다.

"꼼짝 말고 그냥 먹어!"

사사무는 그의 말에 어쩔 수 없이 다시 그대로 굳어졌으나, 그래도 차마 먹지는 못하고 눈치를 보았다.

설무백은 손아귀에 힘을 주어서 한 번 더 피를 짜 주며 말했다.

"내 피가 영약 덩어리라는 거 모르지? 소림의 대환단이나 무당의 자소단보다도 더 뛰어난 공능을 가진 무가지보가 바로 내 피야. 복 받은 줄이나 알고 어서 먹어. 한 방울이라도 흘리면 아주 죽는다!"

사사무의 눈빛이 잠시 흔들렸다. 그러다가 이내 질끈 눈을 감으며 설무백이 손에서 짜 준 피를 꿀꺽 마셨다.

설무백은 그제야 손을 거두며 물러나며 말했다.

"이제 운기조식."

그리고 픽 웃으며 덧붙였다.

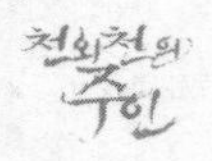

"그런 놈은 어떻게 상대하는지 같이 가서 보기라도 해야 할 것 아냐."

사사무는 울컥하고 무언가 뜨거운 것이 가슴 한구석에서 치미는 것을 느꼈다.

그게 설무백의 피가 정말로 대환단이나 자소단을 뛰어넘는 무가지보라 그 효과가 나타나는 것인지 아니면 지극히 감정적인 울림인지는 알 수 없었다.

분명한 것은 이건 절대 잊히지 않을 기억이라는 것이다.

그는 즉시 마음을 가다듬으며 가부좌를 틀고 앉아서 운기조식에 들어갔다.

그리고 한동안 시간의 흐름을 잊는 무아지경에 빠져들었다가 한순간 벗어나며 운기조식을 끝마쳤다.

운기조식을 마친 그의 전신은 이미 활기에 넘쳐 있었다.

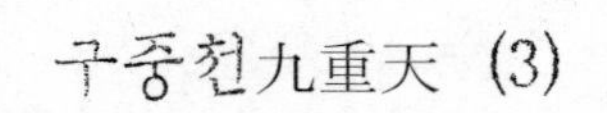

구중천九重天 (3)

"나도 한 입만 줬으면 좋겠네."

밤, 저녁식사가 끝났을 술시(戌時 : 오후 7~9시) 무렵이었다.

개울가의 바위에 앉아서 두 발을 물에 담근 사람처럼 방풍목(防風木)으로 기른 아름드리나무 꼭대기의 가느다란 나뭇가지에 앉은 백영이 두 다리를 덜렁거리며 중얼거렸다.

그러자 무심하고 무감동한 모습으로 그 옆에 서 있던 혈영이 슬쩍 시선을 주며 물었다.

"무슨 소리야?"

백영이 천연덕스럽게 웃으며 대답했다.

"주군이요. 피도 좋고, 살도 좋고. 저거 봐요."

그는 턱짓으로 아름드리나무 아래 펼쳐진 호화루의 전각

군을 가리켰다.

그곳에는 달빛이 만든 전각의 그늘과 그 그늘로 바람처럼 빠르게 이동하는 한 무리의 신영(身影)이 있었다.

사사무를 앞세운 설무백과 공야무륵, 위지건이었다.

혈영이 그들을 쳐다보자, 백영이 감탄하면서 말을 덧붙였다.

"저게 어디 조금 전까지 침상에 누워서 빌빌하던 사람이라면 누가 믿겠어요?"

길 안내를 위해서 선두에 나선 사사무를 두고 하는 말이었다.

혈영은 이제야 무슨 뜻인지 이해하고는 옆에 앉은 백영의 머리를 사뭇 강하게 쥐어박았다.

"가인인 줄 알았더니, 가환이었구나, 너?"

"윽!"

백영이 절로 신음했다가 아차 하는 표정으로 다급히 자신의 입을 막았다.

혈영은 그런 그의 머리를 다시 한 대 더 쥐어박으며 나직이 말했다.

"사람은 누구나 다 가끔 세상이 우습게 보일 때가 있다. 주로 자신의 능력이 자신이 생각하는 것보다 더 강하다고 느껴질 때 그렇지. 그리고 그때 만용이 생겨나서 거만을 떨고, 실수를 한다. 지금의 너처럼!"

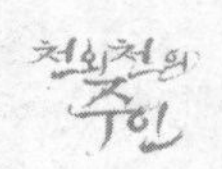

"아니, 제가 언제 거만을 떨었다고……!"

"상관의 말을 무조건 부정부터 하는 지금의 네 태도도 바로 거만이고, 실수인 거다."

"……!"

백영이 이번에는 대꾸하지 않고 조용히 침묵했다.

사실을 직시하기에 앞서 혈영의 나직한 목소리에 서린 싸늘함을 느꼈기 때문이다.

살기까지는 아니었으나, 그에 준하는 매서운 기세가 혈영의 목소리에 담겨 있었다.

혈영이 그대로 다시 말했다.

"나 같은 필부의 도량으로 어찌 주군의 심중을 헤아릴 수 있겠냐만, 주군은 내게 그렇듯 너에게도 매우 진한 애착을 가지고 계신 것만큼은 분명하다. 너의 방종을 너그럽게 받아 주시는 것도 그 때문일 것이다. 나 역시 그래서 너를 용인하는 것이고. 하나!"

그는 손아귀를 크게 벌려서 백영의 머리를 지그시 잡으며 힘주어 말을 이어 나갔다.

"오해하지는 마라. 아니다 싶을 때 내리는 주군의 결정은 그 어떤 사람보다 모질고 냉혹하시다. 내 말이 무슨 말인지 알겠지?"

백영이 사납고 거칠게 머리를 흔들어서 혈영의 손을 털어내며 대답했다.

"압니다, 알아요. 아무래도 좋으니 선은 넘지 마라, 이거 아닙니까."

"알면 됐다."

혈영이 그만 말을 자르고 말려는데, 백영이 문득 오만상을 찡그리며 나섰다.

"이거 생각해 보니 열 받네. 아니, 그럼 혈영 선배, 아니, 각주님은 여태 내가 그 정도도 생각하지 않고 마구 나대는 얼뜨기 등신인 줄 알았다는 거예요?"

혈영은 갑작스러운 백영의 반격에 한 방 맞은 것처럼 눈을 끔뻑이다가 급히 말문을 돌리며 신형을 날렸다.

"지금 안으로 들어가신다. 경계 거리를 좀 좁혀야겠다. 나와 백영이 전각의 좌측을 맡을 테니, 사도와 흑영은 우측을 맡아라."

거북한 상황을 모면하려고 그냥 무턱대고 내리는 지시가 아니었다. 절묘하게도 때마침 사사무의 뒤를 따르던 설무백 등의 신형이 한 전각의 내부로 스며들어 가고 있었다.

암중의 사도와 흑영이 그의 지시에 따라 설무백 등이 들어간 전각의 우측을 향해 미풍처럼 은밀하게 이동해 갔다.

백영도 망설이지 않고 즉시 반응했다.

신속하게 혈영의 뒤를 따라붙는 와중에 그는 말했다.

"우리 나중에 다시 얘기해요. 알았죠?"

그때, 정문을 통해서 전각의 내부로 진입한 설무백은 두 사람과 마주하고 있었다.

복도의 이쪽과 저쪽 끝에 서 있던 두 사내였다.

두 사내 모두 일개 기루의 주인을 지키는 경호원치고는 상당한 수준의 무공을 익힌 자들이었다.

"웬 놈들이냐?"

삭막한 어조의 경고와 함께 반사적으로 칼을 뽑아드는 솜씨가 예사롭지 않았다.

적어도 어디 가서 이류 소리는 절대 듣지 않을 솜씨였다.

그러나 그들의 입장에서는 대단히 아쉽게도 이쪽은 설무백을 제외해도 세 사람이 다 하나같이 강호 일절의 실력을 갖춘 고수였고, 살인이 허용되어 있었다.

그래서 칼을 뽑아 들며 외친 두 사내의 경고는 밖으로 새나가지 않았다.

전면에 나선 사사무가 이미 기를 운용해서 주변을 차단했기 때문이다.

사사무는 그 바람에 조금 늦었다.

공야무륵이 먼저 신형을 날려서 복도의 저편에 서 있는 사내를 덮쳐 갔다.

바람처럼 빠른 그 속도에 놀란 사내가 반사적으로 칼을 쳐들어서 방어했으나, 소용없었다.

칵-!

듣기 거북한 소음이 터지며 붉은 피와 허연 뇌수가 사방으로 튀었다.

공야무륵이 어느새 뽑아 들어서 수직으로 내려친 양인부가 칼날을 가르고 들어가 사내의 머리를 이마에서부터 반으로 쪼개 버린 것이다.

그리고 때를 같이 해서.

서걱-!

지근거리에 서 있다가 칼을 내밀려 달려들던 또 다른 사내의 머리가 허공으로 떠올랐다.

사사무의 솜씨였다.

머리를 잃은 사내의 몸이 뒤늦게 피를 뿜어내며 통나무처럼 쓰러졌다.

허공으로 떠올랐던 사내의 머리가 그제야 바닥에 떨어졌다.

위지건이 그 몸통과 머리를 발로 찼다.

머리가 굴러가고 몸통이 그 뒤를 따라가 복도 바닥에 뿌려진 피를 닦아 내며 깨끗한 길을 만들어 내고 있었다.

설무백은 그 길을 따라 복도를 거슬러서 거의 끝자락에 있는 문을 열고 안으로 들어갔다.

문 안쪽은 얼추 이십 평에 달하는 공간인 방이었다.

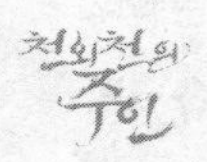

나란히 줄지어 있는 세 개의 창문 아래에 침상이 있고, 작은 탁자와 의자, 한쪽에는 화려한 장롱이 꾸며져 있어서 예상보다 넓고 깨끗한 편인 그 방에는 긴장한 모습인 두 사내가 있었다.

검은색 비단장포를 포대처럼 헐렁하게 걸친 반백의 노인과 그 노인의 뒤에서 옆으로 얼굴만 내밀고 있는 오십 대의 중년인이었다.

설무백은 흑포노인의 뒤에 숨은 중년인의 정체를 첫눈에 알아볼 수 있었다.

호화루의 주인인 상백곡(尙伯穀)이었다.

반면에 앞으로 나선 흑포노인이 누군지는 알아볼 수가 없었는데, 이내 알게 되었다.

공야무륵이 아는 자였다.

"이게 누구야? 패왕수(霸王手) 오곡(吳鵠)이 아닌가? 돈황의 낭인 시장에서도 자리를 잡지 못하고 남경으로 떠났다는 얘기는 어디서 얼핏 들었는데, 여기서 기둥서방노릇을 하고 있었을 줄이야."

패왕수라는 별호를 듣자, 설무백도 그제야 기억이 났다.

지난날 언젠가 공야무륵에게 들은 적이 있었다.

난주성 밖의 낭인 시장인 비림에서 거들먹대다가 공야무륵의 눈 밖에 나서 옥문관과 인접한 돈황으로 쫓겨났다는 자였다.

제법 당당한 기세로 설무백 등을 맞이하던 흑포노인, 바로 패왕수 오곡의 눈가에 놀라움이 스쳤다.

"아니, 마부(魔斧) 네게 어떻게 여길……?"

마부는 지난날, 비림의 낭인들이 부르던 공야무륵의 별호였다.

공야무륵이 누런 이를 드러내며 웃었다.

"기억하는군. 벌써 십 년도 더 지났으니, 잊을 만도 했을 텐데 말이야."

잊을 리가 없었다.

굴러온 돌이 박힌 돌을 뺀다고, 비림의 터줏대감으로 지내던 자신을 별 같잖은 이유를 붙여서 내몬 원수를 어찌 잊을 수 있을 것인가.

"세상 참 좁군."

씹어 뱉는 듯한 목소리로 대꾸하는 오곡의 한쪽 눈가에 파르르 경련이 일어났다.

극도의 분노가 느껴지는 반응이었다.

기실 과거에는 그의 한쪽 눈가에서 경련이 일어나면 필히 상대가 죽어 나간다는 소문도 있었다.

그러나 상대는 과거 그를 난주의 비림에서 내쫓은 공야무륵이었다.

예전에도 대적하지 못한 상대를 지금 와서 어찌 대적할 수 있겠는가.

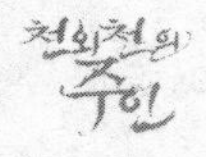

하물며 지금 공야무륵의 곁에는 그와 버금가는 자들과 그보다 더 강렬한 위압감을 풍기는 자가 있었다.

오곡의 눈동자가 빠르게 굴렀다.

피하는 것만이 상책이었다.

설무백은 그런 오곡의 심중을 읽으며 불쑥 물었다.

"육선문(六扇門)에 들었나?"

오곡이 흠칫하는 기색을 드러냈다.

누가 봐도 육선문이라는 자백이었다.

설무백은 그런 오곡의 반응을 보고 실망하며 쓰게 입맛을 다셨다.

그는 정정보가 거느린 육선문의 요인들을 거의 다 꿰고 있는 사람이었다.

패왕수 오곡이라는 이름은 그 속에 없었다.

육선문은 관부에 투신한 무림인이라는 태생적인 한계로 인해 내부에 정정보의 실세가 거의 없다는 점을 차치해도, 기억에도 없는 육선문의 졸자가 무언가 중요한 내용을 알고 있을 거라고 기대하기는 어려웠다.

그것으로 오곡의 생사가 결정되었다.

"죽여!"

공야무륵은 느닷없이 떨어진 명령임에도 전혀 주저하지 않고 도끼를 뽑아 들고 나섰다.

오곡도 그대로 가만히 있지는 않았다.

패왕수라는 별호에서 알 수 있듯이 그는 권법에 조예가 있었다.

재빨리 뒤로 물러나서 기존의 거리를 유지한 그는 한 손을 휘저어서 자신을 향해 휘둘러지는 도끼의 측면을 쳐서 밀어내고, 다른 한 손을 길게 내밀어서 다가선 공야무륵의 목을 찔러 갔다.

그의 성명절기인 패왕탈백(覇王奪魄)의 일 초였다.

물론 그는 사력을 다해서 패왕탈백의 일 초를 펼치면서도 공격이 성공하리라고 기대하지는 않았다.

그는 이것으로 공야무륵이 한 발짝이라도 물러서 주기만 한다면 되었다.

지금의 그가 펼치는 패왕탈백은 과거에 비해 월등히 상승하고 또 숙련된 경지였기에 그 정도는 충분히 가능할 것이라 믿어 의심치 않았다.

그리고 그 틈에 상백곡을 낚아채서 자리를 뜨겠다는 것이 그의 계획이었다.

그러나.

"헉!"

오곡은 절로 헛바람을 삼키며 굳어졌다.

상황이 시작부터 그의 의도와 전혀 딴판으로 돌아갔기 때문이다.

우선 공야무륵이 휘두른 도끼를 측면으로 내치려고 휘저

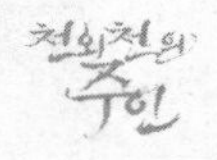

은 그의 손에 마비가 왔다.

도끼의 측면과 닿는 순간, 막강한 기운이 그의 손을 마비시켜 버렸다.

그다음은 공야무륵의 목을 찔러 가던 다른 손이 한순간 허전하게 그의 시야에서 사라졌다.

공야무륵이 뽑아 든 도끼는 하나가 아니라 두 개였고, 그 중의 하나가 그의 손을 후려친 것이다.

그로 인한 통증이 뒤늦게 팔뚝을 타고 어깨를 넘어 뇌리로 직결되었다.

벽으로 날아가는 자신의 손과 잘려진 팔뚝에서 뿜어지는 붉은 핏줄기가 그제야 그의 시선에 들어왔다.

그리고 또 그의 시선에 들어오는 것이 있었다.

애초에 그가 옆으로 내치려고 했던 도끼가 조금의 흐트러짐도 없이 그대로 휘둘러지며 그의 시야에 대문짝처럼 크게 확대되고 있었다.

정확히 그의 목을 노리는 일격이었고, 그는 그것을 충분히 인지하고 있으면서도 피할 수가 없었다.

오곡은 그제야 깨달았다.

그의 무공이 성장한 것처럼 공야무륵의 무공도 성장했다.

그것도 그와 비교할 수조차 없을 정도로 높은 경지에 올라 있었다.

그는 그걸 깨닫는 순간과 동시에 목이 잘리고 머리가 떨어져서 죽었다.

"어라?"

공야무륵은 얼떨결에 쇄도하는 오곡의 머리를 날려 버리고는 눈을 멀뚱거렸다.

다짜고짜 달려들어서 헛손질을 하며 목을 내미는 오곡의 태도를 그는 도무지 이해할 수가 없었다.

그게 목을 내민 것이 아니라 그가 물러설 것을 기대하고 움직인 기만술이었으나, 그의 공격이 워낙 빠르고 강력했던 까닭에 전혀 통하지 않았던 것임을 그는 조금도 깨닫지 못하고 있었다.

상대였던 오곡만이 아니라 공야무륵 역시 자신의 무공이 과거에 비해 어느 정도나 높은 경지로 도약했는지 아직 확실하게 깨닫지 못하고 있었던 것이다.

그러나 모든 상황을 선명하게 지켜본 설무백은 당연히 그렇게 될 줄 알았기 때문에 대수롭지 않게 앞으로 나섰다.

그는 새파랗게 질린 얼굴로 부들부들 떨고 있는 상백곡을 부르며 손을 내밀었다.

"우리 잠시 얘기 좀 할까?"

호화루주 상백곡은 설무백의 부름에 응하지 않았다.

그는 새파랗게 질린 모습으로 오히려 뒷걸음질 쳤다.

그러나 그의 몸은 그의 의지를 따르지 않았다.

아니, 정확히는 그의 의지를 뛰어넘는 강력한 힘이 그의 육체를 당겼다.

"헉!"

마치 자석에 이끌린 쇠붙이 같았다.

두 발을 끌며 주르르 딸려 온 상백곡의 목덜미가 여지없이 설무백이 내민 손아귀로 들어갔다.

설무백은 손아귀에 지그시 힘을 주며 강제로 상백곡의 고개를 돌려서 곁에 서 있는 사사무를 보게 했다.

"누군지 기억하지?"

사사무의 말에 따르면 당시 정체불명의 그 사내 곁에는 상백곡도 있었다.

과연 상백곡이 고개를 끄덕이고 있었다.

설무백은 가볍게 손을 밀치며 상백곡의 목을 놓아주었다.

상백곡이 맥 빠진 사람처럼 제풀에 주저앉아서 두려운 눈빛으로 바라보았다.

설무백은 너무 무심해서 오히려 무섭게 느껴지는 눈빛으로 상백곡의 시선을 마주하며 물었다.

"하나만 솔직하게 대답해 주면 살 수 있다. 그날 여기서 저 친구와 싸운 자의 정체가 누구냐?"

상백곡이 불안한 눈초리와 떨리는 목소리로 말을 더듬었다.

"그, 그는 구, 구중천(九重天)의 보, 봉명사신(奉命使臣)인…… 크악!"

대답을 하던 상백곡이 갑자기 비명을 지르며 뒤로 자빠졌다.

단순한 발작이 아니었다.

마치 경기(驚氣)를 일으키는 아이처럼 두 눈을 뒤집고 사지를 바들거리는 그의 입에서는 검게 죽은피가 흘러나오고 있었다.

"독단(毒丹)……?"

사사무가 깜짝 놀라 상백곡에게 달려들었다.

상백곡이 독단을 깨물었다고 생각해 입을 벌려서 막으려는 것 같았다.

설무백은 슬쩍 손을 들어서 상백곡에게 다가드는 사사무를 막았다.

사사무가 움찔거리며 멈추었다.

몸과 마음이 따로 움직인 것 같은 모습이었다.

멈추고 싶어서 멈춘 것이 아니라 거부할 수 없는 암경이 밀려와서 그를 멈추게 만든 것이었다.

설무백은 놀라고 당황해서 자신을 바라보는 사사무의 태도와 무관하게 한숨을 내쉬며 말했다.

"고독술(蠱毒術)이다."

고독(蠱毒)이라는 것이 있다.

독(毒)과 주술(呪術)을 사용하여 기르는 아주 작은 벌레를 고독이라고 하는데, 오랜 과거 묘강(苗疆)의 독문(毒門)에서 중

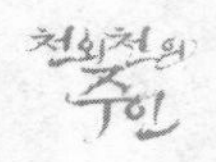

원으로 전파된 독충(毒蟲)이며, 독술(毒術)의 한 방법이었다.

고독을 이용하면 일종의 제령술(制靈術)처럼 상대를 마음대로 조정할 수 있었다.

다만 고독은 어떤 독과 주술을 사용하느냐에 따라 이름이 달라지는데, 일반적으로 널리 알려져 있으면서도 가장 악명 높은 것은 제신고(制神蠱)라는 수법이었다.

그 방법은 이렇다.

한 마리의 모고(母蠱)와 여러 마리의 자고(子蠱)에, 즉, 자모고(子母蠱)에 별도의 주술을 더하면 새로운 종의 고독인 제신고가 된다.

이 제신고는 필요한 상대에게 자고를 먹여 놓으면 모고를 가지고 있는 자가 제아무리 멀리 떨어져 있어도 얼마든지 상대를 뜻대로 조종할 수 있게 된다.

말 그대로 고도의 섭혼술(攝魂術)처럼 상대를 완벽하게 세뇌해서 멀리 떨어진 별도의 공간에 있어도 꼭두각시처럼 시술자의 지시에 따라 행동하게 만들며, 더 나아가서 얼마든지 시술자의 뜻대로 죽일 수도 있는 수법이 바로 제신고를 이용한 고독술이었다.

"구중천이나 봉명사신이라는 이름을 말하면 체내의 자고가 죽도록 안배해 놓은 것 같다."

설무백은 무심하게 부연하며 슬쩍 손을 뻗어서 코와 입으로 꾸역꾸역 핏물을 토하며 쓰러진 상백곡을 가리켰다.

무형의 기운이 일어나서 상백곡이 토해 낸 핏물을 바닥에 펼쳐 놓았다.

거기 넓게 펼쳐진 핏자국 속에 밥풀처럼 생긴 작은 물체가 희끗거렸다.

자신의 몸을 터트려서 품고 있던 독으로 숙주를 죽인 제신고 자고의 조각들이었다.

"음."

설무백의 설명과 상백곡의 핏속에서 드러난 제신고의 흔적을 보고 작금의 사태를 완벽하게 이해한 사사무가 침음을 흘리며 말을 받았다.

"작금의 강호에서 이처럼 완벽하게 고독을 다룰 수 있는 자는 두 사람, 고독진군(蠱毒眞君) 요의진(姚義眞)과 독화랑군(毒花郎君) 초요림(楚謠臨)뿐입니다."

암중의 사도가 불쑥 끼어들어서 반론을 폈다.

"초요림은 아닙니다. 그자는 제신고보다 음양고(陰陽蠱)를 주로 다루는데다가, 무엇보다도 오래전에 손을 씻고 강호를 떠났습니다."

음양고는 자모고가 아닌 한 쌍의 고독에 특정한 주술을 더해서 만들어지는 음고(陰蠱)와 양고(陽蠱)로, 제신고와 달리 심령이 아닌 감정을 조정하는 고독이었다.

즉, 시술자인 여자나 남자가 각기 음고와 양고를 스스로의 체내에서 기르다가 누군가 원하는 남자 혹은 여자에게 양고

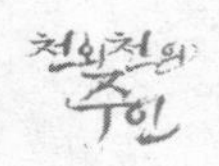

나 음고를 먹여서 시술자가 음심(淫心)을 일으켰을 때 상대인 사내나 여자도 음심이 일어나게 만들어서 시술자의 마음대로 교접이 가능하게 만드는 고독이 바로 음양고였다.

사도의 말을 들은 사사무가 물었다.

"독화랑군이 주로 음양고를 썼던 것은 사실이나, 제신고를 쓰지 못하는 것이 아니라서 언급했을 뿐이오. 한데, 그자가 강호를 떠났다니, 달리 아는 바가 있는 것이오?"

사도가 암중에서 여전히 모습을 드러내지 않은 채 대답했다.

질문은 사사무가 했으나, 설무백을 향한 설명이었다.

"과거 살막에서 받은 청부에 그가 있었습니다. 자세한 내막은 몰라도, 두 다리를 자르고 강호 무림에서 떠나게 하라는 청부였는데, 생전의 조부께서 맡으셔서 완수했습니다."

사사무가 사실이 그렇다면 수긍할 수 있다는 듯 고개를 끄덕이며 설무백을 바라보았다.

"구중천이 우리가 아는 그 구중천일까요?"

예로부터 중원 대륙에서는 하늘을 아홉 방위로 나누고, 중앙을 균천(鈞天), 동방을 창천(蒼天), 서방을 호천(昊天), 남방을 염천(炎天), 북방을 현천(玄天), 북동방을 변천(變天), 남동방을 양천(陽天), 남서방을 주천(朱天), 북서방을 유천(幽天)이라고 부른다.

그리고 그 모든 하늘을 지배하는 것은 바로 황제라는 의미로 황제가 거처하는 황궁을 그와 같은 방위로 나위어서 건축한다.

다시 말해서 구중천은 하늘의 아홉 방위이기도 하지만, 황제의 거처인 황궁의 다른 이름이기도 하다.

그것을 지금 사사무가 말하고 있었다.

"그야 모르지, 확인해 봐야지."

"누구 짓이든지 이거 아주 골치 아프게 됐습니다. 이런 식으로 치밀한 공작을 펼치고 있다면 배후를 캐는 것이 정말 쉽지 않겠습니다."

사실이었다.

제신고에 당한 고독술은 미혼술이나 섭혼술 등 여타의 심령술(心靈術)과 달리 시전자가 독문의 방법으로 체내에 주입한 제신고를 제거해 주지 않는 한 절대 벗어날 수 없다.

제신고의 숙주는 자신이 고독술에 당해서 누군가에게 조정당하고 있다는 사실을 전혀 인지하지 못하고 시술자의 의지가 자신의 의지라고 인식하기 때문이다.

결국 제삼자가 고독술을 푸는 방법은 제신고를 죽이는 것뿐인데, 안타깝게도 제신고를 죽이면 숙주도 죽는다.

"아무래도 안 되겠네."

설무백은 전후 사정을 돌이켜 보며 마음을 다잡고 말했다.

"이대로 기다릴 것이 아니라 따라가 보자!"

전날 정체불명의 사내를 미행했을 것으로 보이는 귀삼영

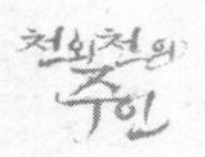

이 남긴 흔적을 따라가자는 말이었다.

사사무도 같은 생각을 했는지 즉각 수긍하며 앞장섰다.

"알겠습니다. 앞서 따라간 귀이영이 별도의 표식을 남겼을 테니 그리 어렵지 않을 겁니다."

구중천九重天 (4)

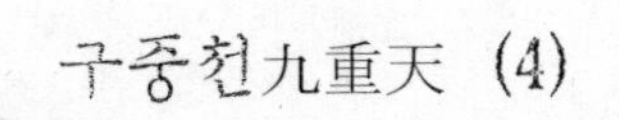

귀삼영이 정체불명의 사내를 미행하면서 남긴 첫 번째 표식은 호화루의 후원 밖에서 발견되었다.

호화루의 후원을 벗어나면 민가가 아니라 숲이 우거진 작은 동산이었다.

거기 동산에 있는 숲으로 접어들기 전인 비탈길 앞에 귀영들만이 알아볼 수 있는 귀삼영의 표식이 있었다.

그리고 때로는 나뭇가지나 돌멩이로, 때로는 담벼락이나 바닥에 그려진 그림으로 구성된 그 표식은 남문을 벗어나서 대략 삼십여 장의 거리를 두고 성곽을 타고 돌아가다가 동문을 휘돌아 북문으로 이어졌다.

늘 일정하던 표시에 변화가 생긴 것이 그때였다.

귀삼영이 남긴 표시는 언제나 누군가 그것을 확인했다는 식으로 약간 비틀어져 있었다.

귀이영이 남긴 흔적이었다.

그런데 북문으로 이어질 것처럼 나아가던 표시가 갑자기 북문을 등지는 방향으로 틀어졌고, 이상하게도 그 표시는 일말의 변화가 없는 표시였다.

사사무가 대번에 그 이유를 알아보고 어두운 낯빛을 드러냈다.

"이건 귀삼영의 표시가 아니라 귀이영이 새롭게 남긴 표시입니다."

이유는 몰라도 귀삼영이 더 이상 표시를 남기지 않았다는 뜻이다. 그 이유가 이내 드러냈다.

귀삼영이 남긴 표시를 따라간 장소, 작은 언덕의 수풀이 남경의 북문으로 이어지는 관도를 가린 막다른 길에 귀삼영이 누워 있었다.

낙엽과 잡목으로 덮여 있던 귀삼영은 당연하게도 싸늘하게 식은 주검이 되어 있었다.

사사무가 지그시 어금니를 깨물고 귀삼영의 주검을 살피더니 말했다.

"아까 그 자리에서 놈에게 발각당한 것 같습니다. 목뼈가 부러지는 바람에 즉사했습니다. 놈이 저에게 썼던 솔각의 수법입니다."

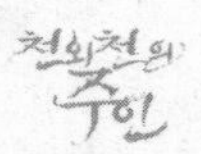

설무백은 냉정하게 말했다.

"귀삼영의 주검은 나중에 수습하는 것으로 하지."

여기서 이럴 것이 아니라 어서 발길을 서두르자는 재촉이었다.

그만큼 그의 감정이 격해졌다는 의미이기도 했다.

분노와 걱정으로 격해진 감정이었다.

귀삼영이 당했다면 그 뒤를 이어서 정체불명의 사내를 추적해 간 귀이영도 무사하리라는 보장이 없었다.

"옙!"

사사무가 눈치 빠르게 그의 감정을 간파한 듯 두말없이 대답하며 발길을 서둘렀다.

귀삼영의 주검을 감춘 곳에서부터 시작된 귀이영이 남긴 표시는 과연 예상대로 다시금 북문을 향해 이어졌다.

그러나 북문으로 들어선 귀이영의 표시는 혹시나 하던 사사무의 짐작이 무색하게 황궁과는 전혀 다른 방향으로 이어져 있었다.

북문으로 들어서면서부터 시작되는 큰길인 북문대로를 백여 장 가량 거스른 다음에 만나는 또 하나의 대로에서 우측으로 꺾어진 방향에 자리한 지역인 상화방(上貨坊)이었다.

본디 방(坊)은 도성에서 행정구역으로 분류하는 단위 중 가장 큰 단위로, 방과 방을 구획하는 길을 대로(大路)라고 부르는 이유가 그 때문이며 방의 내부를 종횡으로 가르며 이어진 길을 소로(小路)라 부르고, 그 소로가 구획하는 집들과 집들 사이의 골목을 호동(胡同)이라고 부른다.

이는 다시 말해서 하나의 방에는 엄청나게 많은 사람들이 거주하고 있다는 것이었다.

그런데 귀이영이 남긴 표시가 상화방으로 이어지는 것을 확인한 사사무가 대뜸 안색을 굳히며 한 사람의 이름을 거명했다.

"등평(等萍)의 집이 여기 있습니다."

설무백은 정말 낯선 이름이라 물었다.

"등평이 누군데?"

사사무가 대답했다.

"후군도독(後軍都督)이고, 사례태감 정정보의 양자들 중 하나라 벌써부터 우리가 감시하고 있던 자입니다."

사사무의 직감은 어김없이 들어맞았다.

이윽고, 귀이영이 일정한 거리를 두고 일정한 방법으로 남긴 표시를 따라서 도착한 장소는 바로 상화방의 중심에 자리한 후군도독 등평의 저택이었다.

설무백은 거리에 자라난 아름드리나무에 올라서 어둡게 그늘진 등평의 저택을 바라보며 잠시 망설였다.

나름 서둘렀음에도 불구하고 어느새 자시(子時 : 오후 11~오전 1시)로 들어서 있었다.

날씨도 좋지 않아서 달도 별도 사라진 밤하늘에는 당장이라도 장대비가 쏟아질 것처럼 먹구름이 가득해서 사방이 온통 칠흑처럼 어두웠다.

하지만 그의 망설임은 그런 환경과는 거리가 멀었다.

맹금보다도 더 발달한 그의 두 눈은 칠흑 같은 어둠 속에서도 그리 어렵지 않게 등평의 저택을 자세히 살펴볼 수 있었고, 더 나아가서 그 속에 스며들어 있는 예리한 살기까지도 충분히 간파하고 있었으나, 그것도 망설임의 이유가 될 수 없었다.

그의 망설임은 오직 한 가지 이유에서였다.

후군도독 등평을 건드리는 것은 사례태감 정정보를 상대하는 것과 다름 아니고, 그건 그의 계획에 없는 일이었다.

솔직히 말해서 마음만 먹는다면 그는 얼마든지 정정보를 제거할 수 있었다.

적어도 그의 생각은 그랬다.

과거에는 몰라도 지금은, 아니, 나왕의 유전을 물려받고 대공을 성취한 이후의 자신은 그럴 수 있다는 것이 그의 생각이었다.

무저갱을 떠나서 난주로 입성할 때의 그와 대공을 성취한 이후의 실력의 차이는 그만큼 하늘과 땅이었다.

그렇지만 그는 그렇게 하지 않았다.

그럴 생각이 전혀 없었다.

정정보와의 악연은 그의 몫이 아니라 그의 아버지가 지원하는 연왕 주체가 끊어야 했다.

그게 그가 아는 황실과 황궁의 역사이기 때문이다.

강호 무림의 일개 야인이 황실과 황궁의 역사에까지 손을 댄다는 것은 마치 자연의 순리를 거스르는 짓을 자행하는 것 같아서 그는 못내 망설여졌다.

그러나 결론은 이미 정해져 있었다.

그의 망설임은 거부나 부정이 아니라 신중일 뿐이었다.

어쩌면 이게 자연의 순리를 그르치는 짓일지도 모른다는 논리는 나 이전에 수하를 지켜야 한다는 그의 책임감 앞에서 더 없이 무력했다.

저들이 먼저 선을 넘었다.

그는 선을 넘어온 저들을 단죄하려고 나서는 것일 뿐이었다.

설무백은 짧은 망설임의 시간에서 깨어나 같은 나뭇가지에 서서 어두운 기색으로 등평의 저택을 살피고 있는 사사무에게 불쑥 물었다.

"어때?"

사사무의 표정이 곤혹스럽게 일그러졌다.

매사에 민감하고 예리한 사람답게 그는 자신의 주인이 던진 질문이 무슨 의미를 담고 있는지 이미 간파하고 있었다.

이윽고, 그가 힘겹게 대답했다.

"예. 덫을 놓고 기다리는 것 같습니다. 귀이영의 생사는 장

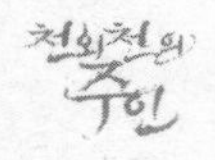

담할 수 없겠습니다."

설무백은 가만히 고개를 끄덕였다.

정확한 판단이었다.

분명 귀이영이 남긴 표시는 등평의 저택 앞에서 끊어져 있었다.

그런데 그들이 도착했음에도 불구하고 귀이영은 모습을 드러내지 않았고, 등평의 저택은 필요 이상으로 철저한 경계가 펼쳐진 상태였다.

이는 여기까지 추적한 귀이영이 이미 저들에게 발각되었다는 것을 의미했다.

아니, 어쩌면 정체불명인 철면(鐵面)의 그자가 애초에 귀이영을 이쪽으로 유인한 것인지도 모른다.

추적자를 굳이 자신의 근거지로 유인해서 잡는 것은 배후를 캐기 위해 강호에서 종종 쓰는 방법 중 하나였다.

어떤 이유에서든지 간에 이건 저들의 실력을 엿볼 수 있는 대목이었다.

어중간한 실력을 가지고는 감히 자기 자신을 미끼로 덫을 꾸미지는 못할 테니까.

'사사무를 그리 쉽게 제압할 정도의 인물이라면……!'

사사무의 무공은 작금의 강호 무림에서 초특급의 경지였다.

특히 은신술과 살인술에 관한한 작금의 강호 무림에서 능히 백대 고수에 꼽힐 정도라 앞으로 도래할 환란의 시대에서도 얼마든지 통할 수준이었다.

그런 사사무가 힘 한 번 써 보지 못하고 속절없이 당한 것이다.

이건 상대가 작금의 강호 무림에서 십대 고수의 반열에 오른 절대 고수라는 방증이었다.

'시기적으로 말이 안 되긴 하지만, 어쩌면 내가 기억하는 암천의 그림자들 중에서도 상위 서열이던 암천야차(暗天夜叉)나 암천수라(暗天修羅)가 나타난 것인지도 모른다!'

설무백은 작금의 상황이 단순히 저들의 자만에 기인한 덫이 아님을 새삼 주지하며 말했다.

"가능하다면 전면전은 피할 생각이야. 그러니 우선 나 혼자 들어가겠어. 대기하다가 소란이 일어나면 들어와."

이는 역으로 말해서 소란이 일어나지 않으면 절대 나서지 말라는 명령이었다.

"다들 이의 없지?"

없었다.

옆에 붙어 있는 사사무는 말할 것도 없고, 서너 장 아래에 있는 나뭇가지에 서 있던 공야무륵과 위지건, 그리고 그들이 서 있는 아름드리나무를 기점으로 해서 주변에 산개해서 은신한 혈영과 사도, 흑영, 백영도 조용한 침묵으로 수긍하고 있었다.

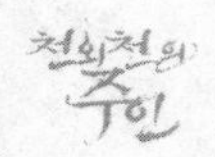

설무백은 아름드리나무가지에서 뛰어내려서 곧장 등평의 저택 안으로 날아갔다.

거의 십 장에 달하는 높이는 둘째 치고, 높은 담장으로 둘러싸인 저택과의 거리가 무려 이십여 장이나 떨어져 있었으나, 그의 신형은 마치 미끄럼을 타듯 부드럽게 허공을 미끄러져서 저택의 내부로 내려섰다.

정확히는 후원이었다.

소리는 일체 일어나지 않았다.

다만 그는 아무런 은신술도 펼치지 않고 그냥 떨어져 내렸다.

제아무리 사위가 어두워도 어지간한 고수라면 능히 그를 볼 수가 있을 터였다.

의도적으로 모습을 드러낸 것이었다.

과연 즉각 반응이 왔다.

등 뒤로 다가서는 사람의 기척이 느껴지고, 이내 차가운 기운을 풍기는 물체가 등에 닿았다.

날카로운 물체, 아마도 칼날일 것이다.

누군가 상당한 수준의 은신술이 가미된 신법으로 다가와서 그의 등에 칼날을 들이댄 것인데, 당연히 그의 입장에서는 우스운 수준이었다.

그걸 알 리 없는 칼날의 주인이 자못 음습한 목소리로 비아냥거렸다.

"감히 여기가 어디라고 담을 넘다니, 간땡이가 부은 놈이구나!"

설무백은 자신의 등에 칼날을 댄 사내 주변에 서너 명의 사내가 더 있다는 것을 느꼈다.

전면의 어둠 속에서도 홀연히 모습을 드러낸 몇몇 사내들이 다가서고 있었다.

하지만 그들 중에 눈여겨볼만한 자가 없음을 느낀 그는 전면에서 다가서는 사내들을 향해 말했다.

"후군도독 등평을 만나러 왔다. 기다리던 자가 왔다고 기별을 넣고, 어서 그에게 안내해라."

전면에서 다가오던 사내들의 선두인 중년 사내 하나가 비릿한 미소를 흘렸다.

설무백은 먼저 입을 열어서 경고했다.

"괜한 짓하지 마라. 잡힌 게 아니라 잡혀 준 거니까."

중년 사내의 안색이 변했다.

설무백이 말을 하면서 노골적으로 일말의 내공을 끌어 올린 결과였다.

중년 사내는 그 정도는 능히 간파할 수 있는 실력자였다.

하지만 다른 사내들은 달랐다.

특히 설무백의 등에 칼날을 대고 있는 사내는 자신이 완전히 제압했다고 생각한 듯 분노했다.

"아니, 이 새끼가 정말……!"

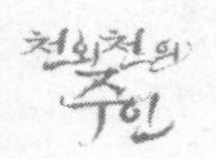

욕설과 함께 등에 닿은 칼날이 찌르고 들어왔다.

정말 죽이려는 것이 아니라 겁을 주려는 위협일 테지만, 칼끝에 제법 힘이 들어가 있었다.

설무백은 아무런 반응도 보이지 않고 그대로 서 있었다.

일단 내공을 끌어 올린 그의 육체는 의지와 상관없이 설령 금강불괴(金剛不壞)까지는 아니더라도 이미 도검불침(刀劍不侵)의 몸으로 변한 상태였다.

과연 사내가 들이민 칼날은 그의 피부를 뚫고 들어오지 못하고 멈추었다.

그걸 느낀 칼날의 주인, 등 뒤의 사내가 흠칫 놀라며 당황하는 기척을 드러냈다.

상황을 알아차린 것인지 전면의 중년 사내도 새삼 안색이 변하며 긴장했다.

설무백은 아무렇지도 않게 그런 중년 사내를 바라보며 재촉했다.

"어서 안내하라니까?"

중년 사내가 잠시 갈등하는 눈치를 보이다가 이내 옆으로 비켜서며 말했다.

"앞으로 나서라."

아무리 그래도 너는 포로라는 뜻을 보이는 태도였다.

자존심이라면 자존심이고 허세라면 허세일 텐데, 설무백은 하수를 상대로 괜한 실랑이를 벌이고 싶지 않아서 그저 묵묵히 앞으로 나섰다.

등평은 후원에서 그리 멀지 않은 장소에 있었다.

중년 사내는 후원을 벗어나서 전각 하나를 돌아가자마자 설무백을 우측의 소로로 인도했다.

좌우를 담장과 담장이 가로막은 외길인 그 길로 불과 대여섯 장 가량 진입하자 안에서 삼엄한 기세가 풍기는 대전 하나가 나타났다.

거기가 바로 등평의 거처였던 모양인지 중년 사내가 슬며시 뒤로 물러나며 말했다.

"여기다. 직접 문을 열고 들어가라."

설무백은 대전 안에서 풍기는 범상치 않은 기세는 물론, 중년 사내의 움직임도 감지하고 있었으나, 대수롭지 않게 무시하며 대전의 문 앞으로 나섰다.

중년 사내가 그제야 소리쳐 보고했다.

"도독께서 기다리시던 자라고 합니다! 제 발로 걸어 들어와서 도독을 뵙겠다고 청했습니다!"

대답은 없었다.

설무백은 그냥 문을 열고 안으로 들어갔다.

문 안은 드넓은 대청이었다.

다만 대청을 밝히는 등불은 고작 전면의 하나뿐이었고, 그나마도 작고 흐릿해서 장내가 매우 어두침침했다.

그러나 그런 어둠이 있다 한들 설무백의 시야를 방해할 수

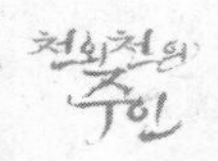

는 없었다.

대청의 중앙에는 거대한 청동향로가 놓여 있고, 그 너머에 도열한 네 사람과, 그들의 중앙, 서너 개의 계단으로 이어진 단상에 놓인 태사의에 거만한 자세로 앉아 있는 중년 사내 하나가 그의 시선에 선명하게 들어왔다.

그리고 또 한 사람이 있었다.

태사의에 앉은 중년 사내의 곁에 폭이 넓은 죽립에 검은 면사를 둘러서 얼굴을 가린 사람 하나가 마치 통나무 같은 부동자세로 서 있었다.

흔히 볼 수 없는 행색이라서 그런지 더욱더 이거다 하고 선뜻 판단하기 어려운 기세를 풍기는 죽립인이었다.

'저자인가?'

태사의에 앉은 중년 사내는 정보를 통해서 그가 익히 아는 얼굴인 후군도독 등평이었다.

그리고 태사의 아래 시립한 네 명의 사내도 하나같이 범상치 않은 기도였으나, 등평의 곁에 서 있는 죽립인과 비할 바가 아니라서 절로 그런 심증이 갔다.

등평의 곁에 서 있는 죽립인은 특이한 행색과 무관하게 분명 그로서도 딱히 규정하기 어려운 느낌과 형용하기 어려운 압력을 행사하고 있었다.

그때 태사의에 앉은 등평이 턱을 당긴 채 그의 전신을 훑어보며 야릇한 미소를 흘렸다.

그러고는 거두절미하고 단도직입적으로 물었다.

"내가 기다리는 자는 겁 없이 내 뒤를 미행하다가 들켜서 죽은 두 놈의 배후이거나 그 배후에게 닿을 수 있는 고리다. 너는 그중에 어디에 속하느냐?"

설무백은 '죽은 두 놈'이라는 등평의 말에 혹시나 했던 기대감이 사라져서 냉담한 태도로 반문했다.

"두 번째 아이도 이미 죽였다는 건가?"

등평이 삐딱하게 바라보며 웃었다.

"정말 특이한 놈일세그려."

설무백은 싸늘하게 채근했다.

"곱게 죽고 싶으면 어서 그냥 대답하지?"

등평이 실소했다.

천박할 정도로 직접적인 설무백의 위협이 같잖다는 듯 손을 내저으며 명령했다.

"얘들아, 일단 꿇어앉히고 다시 얘기하자."

태사의 앞에 시립해 있던 네 사내 중 하나가 대답도 하지 않고 먼저 행동에 나섰다.

본디 권법이 장기인지 아니면 무기를 쓰지 않아도 충분하다고 생각한 건지는 모르겠으나, 순간적으로 쇄도해서 설무백의 어깨를 잡아가는 동작이 범처럼 날랜 한 동작으로 이어졌다.

하지만 그가 할 수 있는 것은 그게 다였다.

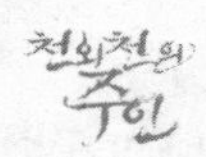

사내는 두 손으로 설무백의 어깨를 잡은 채 그래도 굳어졌다.

설무백이 태산처럼 꿈적도 하지 않았기 때문이다.

사내의 생사가 그것으로 정해졌다.

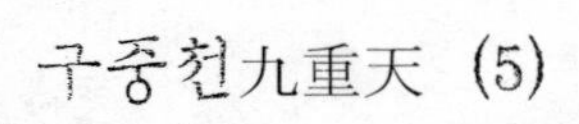

구중천九重天 (5)

"익!"

설무백의 어깨를 두 손을 잡은 사내가 놀라고 당황하는 와중에 거듭 용을 썼다.

애초의 생각대로 다시금 설무백을 잡아 뽑아서 바닥에 패대기치려는 노력이었다.

설무백은 그 순간에 한 손을 들어서 사내의 목을 쳤다.

단순히 그저 수도(手刀)로 내려친 것이었지만, 사내의 목은 견디지 못했다.

으득-!

섬뜩한 소음이 울리며 사내의 목이 정상이라면 도저히 그럴 수 없는 방향으로 꺾어졌다.

정확히는 설무백의 수도를 포개며 겹쳐졌다.

살과 피부는 끊어지지 않고 목뼈만 부러진 결과였다.

"저, 저놈……!"

등평이 놀라서 소리치는 가운데, 졸지에 동료를 잃고 당황하던 세 사내가 정신을 차리며 득달같이 달려들었다.

설무백은 슬쩍 두 손을 들어서 달려드는 사내들을 가리켰다.

슈슝—!

검은 기류가 감싼 그의 두 손가락에서 각기 한줄기 흑광이 뻗어 나가서 달려들던 두 사내의 미간을 관통했다.

천기혼원공에 기반한 지공인 무극지였다.

허공을 격하고 쇄도하던 두 사내가 점점이 튀는 핏방울 아래 속절없이 앞으로 고꾸라졌다.

"헉!"

느닷없이 홀로 남은 사내가 달려오던 속도로 인해 멈추지도 못한 채 엉성해진 자세로 헛바람을 삼켰다.

설무백의 손아귀가 그런 사내의 목을 가차 없이 움켜잡았다.

뿌득—!

사내의 머리가 그대로 앞으로 숙여졌다.

목뼈가 부러져서 비명조차 지르지 못하고 죽어 버린 모습이었다.

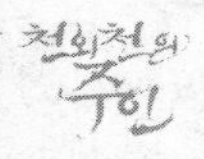

설무백은 그와 동시에 수중의 사내를 내던지며 재빨리 뒤로 물러났다.

순간.

쿵-!

묵직한 소리가 울리며 대청이 진동했다.

방금 전 설무백이 서 있던 바닥이 한 사람의 발로 인해 움푹 꺼져 있었다.

바로 설무백을 노리고 쇄도한 죽립인의 발이었다.

설무백이 네 번째 사내를 처리하는 순간에 죽립인이 눈부신 속도로 공격해 온 것이었다.

그리고 때를 같이해서 거대한 절구처럼 대리석 바닥을 짓눌러 버린 죽립인의 죽립이 벗겨져서 날아갔다.

물러나는 설무백의 손에 마술처럼 나타난 묵빛 양날창, 흑린의 한쪽 창극이 길게 뻗어지며 죽립인의 죽립을 위로 걷어 올린 결과였다.

"역시……!"

설무백은 득의하며 살기를 드러냈다.

죽립이 사라진 상대가 그의 짐작대로 두 눈과 한쪽 뺨을 가리는 철면을 쓰고 있었기 때문이다.

그러나 그는 흑린의 창극을 피하느라 비스듬하게 숙이고 있던 상대가 고개를 쳐드는 바람에 자연히 마주친 시선으로 인해 크게 당황하고 말았다.

철면 사이로 드러난 상대의 두 눈은 무감각하고 차갑게 식어 있었다.

이건 절대로 살아 있는 사람의 눈일 수 없었다.

"강시(殭屍)!"

상대, 두 눈과 얼굴의 반을 가린 철면의 사내가 발로 무언가를 짓눌러 버리려는 자세 때문에 절로 굽혀져 있던 허리를 피며 설무백을 바라보았다.

분명 설무백의 말을 들었을 텐데도 그는 여전히 반응 없는 차가운 눈빛이었다.

설무백은 씩 웃으며 태사의에서 일어난 등평을 쳐다보며 물었다.

"천사교의 지원을 받고 있었나?"

철면의 사내는 분명 강시였다.

작금의 강호 무림에서 이처럼 강력한 강시를 제조할 수 있는 곳은 천사교밖에 없었다.

등평은 입을 다문 채 침묵했다.

하지만 어쩔 수 없이 흔들리는 눈빛이 설무백의 말을 수긍하고 있었다.

설무백은 그것으로 알았다는 듯 고개를 끄덕이며 철면의 사내에게, 바로 철면 강시에게 시선을 고정하며 물었다.

"내 말을 알아듣기는 하냐?"

하지만 철면 강시는 여전히 무감동한 눈빛으로 바라볼 뿐

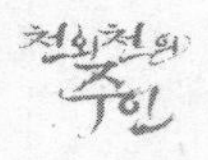

이었고, 그런 그를 대신하듯 등평이 말했다.

"싸움에 대화는 필요 없지."

그리고 재우쳐 싸늘하게 명령했다.

"놈을 잡아서 꿇어앉혀라!"

철면 강시가 즉시 반응해 뚜벅뚜벅 앞으로 나섰다.

감정의 변화가 느껴지지 않아서인지 조금도 서두르는 기색이 없었다.

그리고 그건 명령을 내린 등평도 다르지 않았다.

등평은 철면 강시의 강함을 충분히 인지하고 있는 것 같았다.

설무백의 죽음을 믿어 의심치 않는 기색.

수하들을 부르지 않는 것이 바로 그 때문일 것이다.

"어차피 일어난 소란이니……."

설무백은 혼잣말을 중얼거리며 다가서는 철면 강시를 향해 일장을 날렸다.

펑-!

철면 강시의 가슴에서 단단하게 조진 가죽 북이 터져 나가는 소리가 작렬했다.

철면 강시는 그의 손짓을 보고 피하려는 듯 움찔했으나, 결국 피하지 못하고 그대로 당했다.

다만 나가떨어지지 않았다.

멀쩡한 모습으로 주룩 밀려나갈 뿐이었다.

등평이 기고만장하며 비웃었다.

"가소로운 짓이지! 이제 온전한 모습으로 무릎 꿇려지는 것은 포기하는 것이 좋을 게다!"

설무백은 등평의 조롱에도 상관하지 않고 한 번 더 철면 강시의 가슴에 장력을 날렸다.

펑—!

그러나 역시 철면 강시는 잠시 움찔할 뿐, 피하지 못하고 적중당하며 주룩 뒤로 밀려 나갔다.

설무백은 그 모습을 유심히 살펴보며 중얼거렸다.

"기공에 대한 반응은 느리군."

기고만장하고 있던 등평의 안색이 대변했다.

설무백의 태도를 보자 무언가 잘못된 것 같다는 생각이 든 것이었다.

그는 다급히 소리쳤다.

"놈을 죽여라!"

잡아서 꿇어앉히라는 지시가 살인 명령으로 바뀌었다.

철면 강시가 즉시 그에 반응해서 붉어진 눈빛으로 자세를 낮추며 득달같이 달려들었다.

빨랐다.

하지만 설무백의 눈에는 우스운 수준이었다.

설무백은 상체를 슬쩍 우측으로 틀어서 철면 강시의 돌진을 피하고, 철면 강시의 신형이 옆으로 지나가는 순간에 어깨로 툭 들이받아서 가볍게 방향을 틀어 버리며 말했다.

"혈영, 수단과 방법을 가리지 말고 여기로 집결하는 병력을 차단해라. 사사무는 저자를 잡아 두고, 위지건은 이자를 한번 상대해 봐."

"옙!"

사방에서 동시다발적인 대답이 들려왔다.

철면 강시가 설무백을 노리고 뛰어들어서 대청의 바닥을 짓눌러 버린 순간에 소란은 이미 일어난 셈이었고, 혈영 등은 명령에 따라 벌써 지근거리에 접근해 있었다.

때를 같이해서 귀신처럼 홀연히 나타난 사사무가 등평을 제압하는 가운데.

벌컥-!

문을 열고 공야무륵과 함께 대청으로 들어선 위지건이 기민하게 나섰다가 헛손질로 비틀거리는 철면 강시와 곧바로 마주했다.

쩡-!

철면 강시가 내민 두 손을 위지건이 마주잡는 소리가 마치 두 개의 쇳덩이와 쇳덩이가 강하게 부딪치는 것처럼 장내를 울렸다.

"얍!"

위지건이 짧은 기합을 내지르며 마주잡은 철면 강시의 두 손을 뒤로 꺾으려 들었다.

철면 강시가 두 팔이 젖혀진 자세로 버텼다.

어떻게든 자세를 틀어서 위지건을 내던지거나 뿌리치려는 듯 상체를 이리저리 흔들고 있었으나, 위지건은 철탑처럼 꼼짝도 하지 않았다.

이윽고, 당장에 철면 강시의 두 팔이 그대로 꺾어질 것처럼 보이는 순간, 철면 강시가 대뜸 머리를 쳐들어서 위지건의 얼굴을 들이받았다.

빡-!

위지건의 머리가 뒤로 젖혀졌다.

그리고 코가 깨지면서 그의 코에서 피가 흘러내리고 있었다.

그 상태에서도 철면 강시의 두 손을 놓지 않은 그가 씩 웃더니, 머리를 뒤로 젖혔다가 강하게 앞으로 숙이며 철면 강시의 얼굴을 들이받았다.

빡-!

둔탁한 소음이 울리며 철면 강시의 얼굴이 일그러졌다.

다만 납작하게 주저앉은 그의 코에서는 피가 나지 않았다.

위지건은 그게 마음에 들지 않았는지 한층 더 힘을 가해 밀어붙이며 연속해서 철면 강시의 얼굴을 들이받았다.

참으로 단순하면서도 무식한 싸움이 아닐 수 없었다.

빡! 빡! 빡-!

철면 강시가 뒤로 밀려나는 가운데, 두 눈과 얼굴의 반쪽을

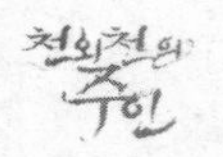

가린 철면이 쩍쩍 금이 가며 이내 산산이 깨져 본래의 얼굴이 드러났다.

다만 밀반죽처럼 짓뭉개져도 시원찮을 철면 강시의 얼굴은 아무렇지도 않게 멀쩡했다.

얼굴이 온통 피로 범벅되어 있었으나, 그건 그의 피가 아니라 위지건의 피였다.

위지건의 얼굴은 그야말로 선혈이 낭자한 모습이었다.

코가 깨진 것은 둘째 치고, 이마가 깨지며 흘러난 피가 얼굴을 흥건하게 적시고 있었다.

철면 강시는 비록 내공에 기반한 힘에서는 밀려도 육체의 단단함은 과거 외문기공(外門寄功)의 일인자로 군림하던 대력패왕 청우의 청우기공(靑牛氣功)을 칠 성이나 연마한 위지건보다 앞서 있었다.

다만 위지건의 단순무식한 공격이 아무런 성과도 없지는 않았다.

적어도 철면 강시가 왜 철면을 쓸 수밖에 없는지는 알아낼 수 있었다.

철면이 깨져 나가서 드러난 철면 강시의 두 눈가에는 살이 없었다.

왜 그런지 이유는 몰라도 그의 두 눈가는 해골의 모습 그대로 허연 뼈가 드러나 있었다.

'설마 이게 불량품이라고?'

그냥 무시하고 넘어갈 일이 아니었다.

언제고 필히 알아봐야 할 일이었다.

설무백은 마음을 다잡으며 위지건을 향해 소리쳤다.

"그냥 꺾어 버려!"

위지건은 다른 건 몰라도 싸움에 관해서는 눈치가 빨랐고, 어떤 상황에서도 설무백의 말을 거스르지 않을 정도로 충성심이 높았다.

어디 한번 너 죽고 나 죽자는 식으로 머리를 크게 뒤로 젖혔다가 세차게 들이받으려던 그는 설무백의 말을 듣기 무섭게 그대로 솟구쳐서 철면 강시의 머리를 타고 넘어갔다.

마주잡은 두 손을 놓지 않고 그렇게 했기 때문에 철면 강시의 두 팔은 절로 뒤로 꺾인 상태가 되었다.

"크르르……!"

철면 강시가 처음으로 반항의 소리를 내며 몸부림쳤다.

위지건이 그런 철면 강시의 두 팔을 더욱 강력하게 눌렀다.

으드득-!

이윽고 섬뜩한 소음이 울리며 등 뒤로 돌아간 철면 강시의 두 팔이 완전하게 부러졌다.

철면 강시가 몸부림치며 위지건의 손에서 벗어나려고 했다.

하지만 뼈만 부러졌을 뿐, 근육과 살은 그대로 붙어 있었

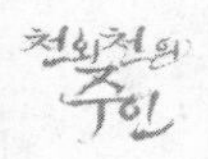

기 때문에 그게 그의 뜻대로 되지 않았다.

설무백은 근육 사이로 튀어나오는 철면 강시의 허연 뼈를 무심하게 바라보며 공야무륵을 호명했다.

"공야무륵!"

설무백의 곁에 서서 묵묵히 위지건의 싸움을 지켜보던 공야무륵이 대번에 예리하게 설무백의 의도를 읽은 듯 그대로 높이 뛰어서 철면 강시를 향해 떨어져 내렸다.

어느새 뽑아 든 그의 도끼, 양인부가 철면 강시의 머리 중앙 정수리를 정통으로 가격했다.

빡-!

듣기 거북한 소음이 터지며 공야무륵의 양인부가 철면 강시의 정수리에 박힌 채로 멈추었다.

놀랍게도 집채만 한 바위조차 두 조각으로 갈라 버리는 파괴력이 담긴 공야무륵의 양인부가 철면 강시의 머리는 쪼개지 못한 것이었다.

공야무륵이 그게 분한 듯 두 눈을 부라리며 철면 강시의 머리에 박힌 양인부를 당겼다.

양인부가 쉽게 뽑히지 않았다.

철면 강시가 사납게 몸부림치며 괴성을 질렀다.

"끼아아아……!"

공야무륵이 씩씩대며 한 발을 들어서 철면 강시의 얼굴에 고 밀려 양인부를 당겨서 뽑아냈다.

그리고 그 자리에서 높이 뛰었다가 그대로 양인부를 내려쳐서 철면 강시의 정수리를 가격했다.

빠박—!

메마른 타격음이 터지며 철면 강시의 머리가 반으로 갈라졌다.

그럼에도 불구하고 여전한 생명력을 가진 철면 강시가 사정없이 몸부림치고 있었다.

이에 공야무륵이 새삼 씩씩거리며 도끼를 놓고 달려들어서 비스듬히 좌우로 갈라진 철면 강시의 머리를 두 손으로 잡고 사정없이 벌렸다.

쩌적—!

철면 강시의 머리가 좌우로 활짝 벌어졌다.

공야무륵이 그걸 하나씩 잡고 무처럼 뽑아서 몸통과 완전히 분리시켰다.

마침 철면 강시의 몸부림으로 인해 위지건이 잡고 있던 두 팔도 팔뚝 전체가 몸통에서 떨어졌다.

두 다리만 남은 철면 강시의 몸통이 그제야 통나무처럼 바닥으로 쓰러졌다.

그리고 이내 바들거리는 두 다리의 경련을 끝으로 완전히 멈추어 버렸다.

공야무륵이 그제야 흡족한 표정으로 손을 털고 있었다.

"……까불고 있어."

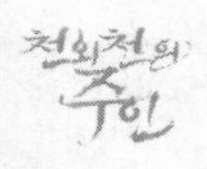

위지건의 반응도 공야무륵과 별반 다르지 않았다.

수중에 들고 있던 철면 강시의 두 팔을 한쪽으로 내던지는 그는 매우 만족스러운 기색이었다.

하지만 그들의 싸움을 지켜본 나머지 사람들은 달랐다.

특히 두 사람, 등평과 사사무가 그랬다.

점혈당한 상태로 싸움을 쭉 지켜본 등평은 감히 상상도 못했다는 듯이 조각나서 흩어진 철면 강시의 주검을 황당무계하다는 눈빛으로 둘러보고 있었고, 그 곁에 있는 사사무는 그늘진 안색, 무겁게 가라앉은 눈빛으로 조용히 침음을 흘리고 있었다.

등평이 위지건과 공야무륵의 강함에 놀랐다면 사사무는 철면 강시의 엄청남을 새삼 실감하며 당황하는 모습이었다.

사사무는 등평과 달리 위지건과 공야무륵의 무공이 얼마나 뛰어난지 익히 잘 알고 있기 때문에 그랬다.

설무백의 공격에 연거푸 당한 상태임에도 위지건과 공야무륵이 합공을 해야 감당할 수 있었던 철면 강시의 막대한 힘과 무지막지한 생명력에 절로 혀가 내둘러지는 그였다.

'만약 이런 것이 더 있다면!'

이것은 상황만 허락된다면 인위적으로 얼마든지 더 만들어 낼 수 있는 강시였다.

이런 강시가 무리를 지을 수도 있다는 생각이 들자, 그는 가슴이 오싹해졌다.

그때.

"철면을 쓴 강시라……."

두 다리만 남은 철면 강시의 몸통을 바라보며 혼잣말을 중얼거린 설무백이 불쑥 그를 향해 물었다.

"목강시는 아닌 것 같고, 아무래도 백인혈철이라는 철강시 같지?"

사사무는 놀란 마음을 가다듬을 새도 없이 갑자기 밑도 끝도 없이 질문을 듣게 되자 정신을 차리지 못하고 눈만 끔뻑거렸다.

설무백이 한마디 더 이었다.

"생사교의 후신인 천사교."

사사무는 그제야 설무백의 질문을 깨닫고 얼굴을 붉히며 대답했다.

"듣고 보니 확실히 그런 것 같습니다. 제가 왜 진즉에 그 생각을 하지 못했는지 모르겠습니다."

"당황해서겠지."

"예……?"

"이런 놈은 한 번도 본 적이 없을 거잖아."

사사무는 내심 인정하며 한편으로 다른 의문이 들어서 조심스럽게 물었다.

"주군께선 아시고 계셨습니까?"

설무백은 아무렇지도 않게 고개를 저으며 대답했다.

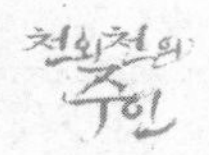

"아니, 그저 무일의 말을 기억하고 있었을 뿐이야. 기민한 동작이 가능한 도검불침의 육체를 가진 강시니, 딱 철강시잖아."

그는 픽 웃으며 덧붙였다.

"철강시의 얼굴에 철가면을 씌우다니, 해학을 아는 놈들인걸 그래."

사사무는 안색을 바꾸며 말했다.

"그저 웃고 넘기실 일이 아닙니다, 주군. 황실이 천사교를 끌어들인 겁니다. 게다가 철강시가 나타났다는 것은 그 이상의 괴물들도 얼마든지 나타날 수 있다는 뜻이 아니겠습니까. 이건 정말이지……!"

설무백은 대수롭지 않게 한마디 툭 던져서 사사무의 말을 끊었다.

"긴장 풀어."

"예……?"

"괜찮아. 이제라도 알았으니 됐어."

사사무는 불안하던 마음이 자신도 모르게 스르르 가라앉은 것을 느꼈다.

설무백의 태연함이 가져다준 효과였다.

분명 이건 심대한 문제라고 생각했으나, 설무백이 괜찮다고 말하자 정말 괜찮은 것 같았다.

마치 무언가에 홀린 것 같은 기분이었데, 그런 그는 약과였다.

우연찮게 그런 그의 눈에 들어온 공야무륵과 위지건의 모습은 정말로 아무렇지도 않게 보였다.

두 사람 다 철강시니 천사교니 하는 애기가 자신과는 아무런 상관이 없다는 듯 무덤덤했다.

사사무는 본의 아니게 얼굴을 붉혔다.

공야무륵과 위지건의 무심한 태도를 보자 자신이 괜한 호들갑을 떨었다는 생각이 들어서 창피했다.

"죄송합니다."

설무백은 계면쩍어하는 사사무의 사과를 받지 않았다.

그저 피식 웃는 낯으로 사사무의 사과를 외면하고 말문을 돌렸다.

"그보다 저치가 문제군. 막무가내로 캐물을 수도 없고, 그렇다고 그대로 내버려두고 갈 수도 없고, 이를 어쩐다?"

등평을 두고 하는 말이었다.

설무백의 뇌리에는 앞서 고독의 금제로 인해 죽은 호화루주 상백곡이 떠올랐다.

모두가 입을 다문 채 침묵했다.

다들 마땅한 대안이 없었다.

'이럴 줄 알았으면 반천오객을 데려오는 건데…….'

고독술은 묘강에서 강호로 전해진 독공이고, 반천오객은 묘강 제일의 독문인 오독문의 최고수들이다.

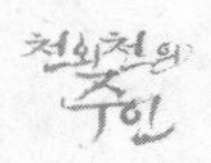

지금 이 자리에 반천오객이 있었다면 무언가 방법이 있을지도 몰랐다.

후회막급이었다.

그간 반천오객이 시간을 쪼개서 틈틈이 전해 준 독공을 외면하고 있었던 자신에게 화가 났다.

'그렇다고 풍잔으로 데려갈 수도 없고…….'

등평이 고독에 당하지 않았다더라면 풍잔까지 갈 수 있었겠지만, 고독에 당한 상태라면 가는 도중에 죽어 버릴 수도 있었다.

설무백이 아는 정정보는 제아무리 측근이라도 적에게 납치당한 수하를 그대로 가만히 내버려둘 정도의 군자가 아니었다.

그때 문득 공야무륵이 제안했다.

"고독에 당했다면 어차피 알아낼 수 있는 것이 없을 테니, 그냥 확인이나 하죠? 고독에 당했나, 안 당했나?"

설무백은 한동안 머뭇거렸으나, 아무리 생각해도 다른 방법이 떠오르지 않았다.

딱히 시간적인 여유도 없었다.

대청으로 들어서려는 자들을 막느라 밖에서 벌어지는 혈영 등의 싸움이 치열해지고 있었다.

숫자에는 장사가 없는 법이다.

혈영 등이 언제까지 막을 수 있을지도 모르고, 그로 인한 사상자도 무시할 수 없었다.

"어쩔 수 없네."

설무백의 승낙이 떨어지기 무섭게 공야무륵이 신형을 날려서 등평의 면전으로 내려섰다.

등평은 태사의에 앉은 상태로 마혈을 점혈당한 까닭에 석상처럼 꼼짝도 하지 못한 채 불안하게 눈동자를 굴렸다.

"무, 무슨 짓을……!"

공야무륵이 어느새 뽑아 든 도끼를 등평에 목에 대서 입을 다물게 하고 말했다.

"자, 따라서 해 봐. 구중천. 봉명사신."

등평의 불안한 눈동자가 빠르게 굴렀다.

공야무륵이 더는 채근하지 않고 그저 그의 목에 대진 도끼로 턱을 들었다.

마치 목을 치기 좋은 각도를 만드는 것 같았다.

등평이 기겁하며 재빨리 말했다.

"구중천! 봉명사신!"

공야무륵이 반짝이는 눈으로 등평을 주시했다.

사실 그만이 아니라 장내의 모두가 그처럼 호기심 가득한 눈빛으로 등평을 주시하고 있었다.

"……?"

등평이 이게 뭐 하는 짓인가 하는 기색으로 눈동자만 굴려서 그런 그들을 둘러보았다.

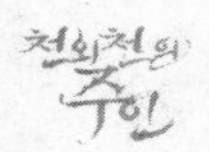

공야무륵이 그런 그를 살피며 반색했다.

"아무래도 애는 아닌 것……?"

기분 좋게 소리치던 공야무륵의 목소리가 슬며시 기어들어갔다.

그럴 수밖에 없었다.

멀쩡하던 등평의 두 눈이 갑자기 붉어지는가 싶더니, 대번에 얼굴 전체가 붉다 못해 시커멓게 변했다.

동시에 한껏 일그러진 등평의 입에서 검붉은 핏물이 꾸역꾸역 흘러나왔다.

마혈을 점혈당해서 쓰러지지만 않고 있을 뿐, 앞서 보았던 호화루주 상백곡과 영락없이 같은 증상이었다.

혹시나 했는데 역시나 등평은 고독술에 당한 상태였던 것이다.

"……이 아니라 역시 당했네요. 에이, 더럽고 추잡한 새끼들!"

공야무륵이 분노하며 치를 떨었다.

세상에 흔치 않는 살인마인 그도 사람이 아무것도 할 수 없는 상태로 피를 토하며 무기력하게 죽어 가게 만드는 것은 용납하기 어려운 모양이었다.

"고독술을 쓰는 적이 있다는 것과 고독술에 당한 자를 색출할 수 있는 방법을 알아낸 것만으로도 적은 소득이 아니지. 오늘은 이것으로 만족하고 물러나자."

설무백은 못내 허탈해하는 공야무륵과 사사무를 위로하고 슬쩍 위지건을 보며 지시했다.

“그래도 자세히 알아보려면 한 조각 정도는 챙겨야겠지?”

위지건이 무슨 말인지 모르는 기색이다가 설무백이 턱짓으로 바닥에 널브러진 철면 강시의 주검을 가리키자 반색하며 앞서 자신이 내던진 팔 하나를 주워서 옆구리에 챙겼다.

설무백은 그제야 대청의 문과 천장을 번갈아보며 잠시 망설이다가 이내 마음을 정하며 그대로 솟구쳤다.

쾅-!

둔탁한 폭음이 터졌다.

천장을 뚫고 나간 설무백은 사방으로 비산하는 파편을 피하고 지붕으로 올라섰다.

분명 밖으로 나서서 사방이 탁 트인 지붕으로 올라섰음에도 불구하고 대청 안보다 더 진한 피비린내가 그의 코끝을 자극했다.

지붕에도 얼추 예닐곱의 시체가 쓰러져 있었지만, 활처럼 휘어진 사방의 처마 아래에도 적잖은 시체들이 사방에 줄지어 널브러져 있었다.

하나같이 머리가 떨어져 나간 시체들이었다.

그리고 마치 선을 그어 놓은 것처럼 늘어진 그 시체들 너머에는 수십 명의 병사들이 감히 더는 접근하지 못하고 두려운 기색으로 뒷걸음질 치고 있었다.

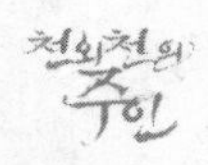

사방에 횡선을 그리며 늘어선 그 시체들이 바로 혈영 등이 정해 놓은 금지(禁地)였던 것이다.

설무백이 본능처럼 살핀 시야로 그것을 확인하는 순간에 뒤를 따라온 공야무륵과 위지건, 사사무가 그의 곁으로 올라섰다.

설무백은 지체하지 않고 한 마리 야조처럼 밤하늘 높이 비상하며 명령했다.

"돌아간다!"

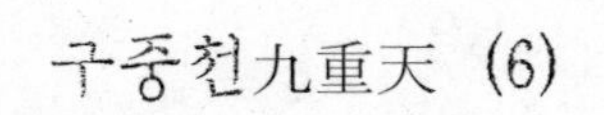

구중천九重天 (6)

백양반점으로 돌아온 설무백은 다음 날 아침이 밝자마자 아삼과 이랑을 불러서 가지고 온 철면강시의 팔을 풍잔으로 보냈다.

일청도인의 말대로 아삼과 이랑은 그가 실망하지 않을 정도의 재주를 가지고 있었다.

설무백의 지시를 받은 그들은 그 자리에서 철면 강시의 팔을 완벽하게 포장하고, 곧바로 적당한 표국의 보표(保鏢)들을 수배해서 직접 풍잔으로 떠났다.

등평의 저택에서 벌어진 살겁(殺劫)으로 인해 그게 무엇이든 응천부를 벗어나기가 쉽지 않은 상황임에도 그 덕분에 아삼과 이랑은 무사히 남경 응천부를 벗어날 수 있었다.

아삼과 이랑은 굳이 표국의 인보표를 구한 것은 관부가 제아무리 성내를 통제해도 출행을 나가는 표국을 막지는 않는다는 사실을 알았기 때문인 것이다.

그러나 설무백은 그것에 만족하지 않고 사사무에게 그들을 따라가며 뒤를 봐주라는 지시를 내렸다.

아삼과 이랑을 믿지 못해서가 아니라, 철면강시의 내력을 파악하는 이번 일이 더 없이 중요한 터라 확실한 안전을 추구한 조치였다.

그런데 설무백은 일청도인이 하오문에서 구룡자 바로 아래 서열로, 결계를 가진 모든 제자들을 감독하고 살피는 십이재(十二才)의 수좌이며, 아삼과 이랑 역시 십이재의 둘이라는 사실을 그날로부터 이틀이 지난 날 저녁이 되어서야 알게 되었다.

석자문이 방문해서 알려 주었다.

"나중에 알면 아삼과 이랑이 섭섭하겠네요. 하하하……!"

"그렇겠네. 내게 좀 미리 말해 주지 그랬어."

"그냥 하는 말입니다. 괜찮습니다. 십이재들이 주군을 알고 있는 것도 저는 부담스러운 걸요. 우리 하오문의 최선이자 최고의 율법은 무슨 일이 있어도 주군을 지키는 거니까요. 흐흐흐……!"

"……."

"아무튼, 주군께서는 앞으로 지금처럼 철저히 신분을 드러

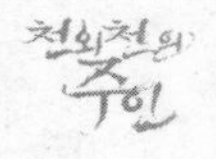

내지 마십시오. 십이재가 한계선이라는 거 절대 잊으시면 안 됩니다. 아시겠죠?"

"너무 과한 거 아냐?"

"절대 과하지 않습니다."

석자문의 생각은 단호했다.

알다시피 하오문은 여타 방파처럼 당주(堂主)나, 타주(舵主), 향주(香主)도 없고, 따로 정해진 하부 조직도 없었다.

원칙적으로 하오문의 문도는 모두 평등한 형제이며, 단지 아래 항렬의 형제들이 위 항렬의 명령에 따르는 지극히 단순한 체계이다.

그래서 절대 느슨해지면 안 됐다.

단순한 만큼 빡빡하게 조여져 있어야 했다.

그리고 그 빡빡함은 내 위 항렬 위에 누가 있는지 모르는 것에서 오는 기대와 두려움에 기인하는 것이었다.

이게 바로 하늘이 무너지고 땅이 꺼져도 절대 변할 수 없는 석자문의 지론이었다.

"하여간……!"

설무백은 이제 아주 인이 박혀서 인정할 수밖에 없었다.

그리고 말했다.

"내가 늘 생각하는 건데, 너랑 제갈명은 전생에 형제가 아니었나 싶다."

석자문이 고개를 갸웃거렸다.

"그 친구 얼굴은 저와 전혀 닮지 않았는걸요?"

"대신에 생각과 마음이 닮았지."

"예?"

설무백은 불쑥 물었다.

"세상에 착한 사람이 얼마나 있다고 생각해?"

석자문이 왜 그러나 싶은 표정이다가 이내 히죽 웃으며 대답했다.

"그야 당연히 두 사람밖에 없지요."

설무백은 그럴 줄 알았다는 표정으로 한숨을 내쉬며 말을 받았다.

"죽은 사람하고, 아직 태어나지 않은 사람?"

석자문이 자못 음충맞게 웃었다.

"이제 보니 제갈명 그 친구 썩 마음에 드는 구석이 있었네요. 필히 언제 한번 시간을 내서 같이 술 한잔해야겠습니다. 흐흐흐……!"

설무백은 짐짓 눈을 치켜뜨며 손을 내저었다.

"괜한 신소리 말고, 이제 어서 용건이나 말해 봐. 태도를 봐서 천사교의 본거지를 찾아낸 것 같지는 않고, 대체 연락도 없이 불쑥 찾아온 이유가 뭐야?"

"죄송스럽기 짝이 없게도 천사교의 본거지는 백방으로 수소문하고 있음에도 여전히 오리무중입니다. 대신에……."

계면쩍은 미소를 흘리며 사정을 설명한 석자문이 대뜸 자

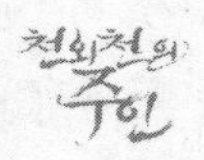

랑하듯 으스대며 덧붙였다.

"일전에 주군께서 특이한 정황이 드러나면 무조건 우선순위로 알려 달라고 하셨던 열세 사람 중, 하나의 행적에 관해서입니다."

설무백은 반색하며 물었다.

"누구?"

석자문이 대답했다.

"사상쾌도 적사연이 중원을 들어섰습니다!"

사상쾌도 적사연은 남해의 거대섬인 해남도(海南島)가 근본인 서른여섯 개 가문의 연합체이자, 구대문파에 속한 무당파, 화산파 등과 더불어 따로 구대검파로 불리는 해남검파의 주력 가문인 해남적룡가의 적통이다.

그리고 그는 머지않아 도래할 환란의 시대에 파벌 싸움으로 어수선한 해남검파를 단단히 결집시키며 장문인의 자리에 오르는 인물이기도 하다.

설무백은 작금의 천하에서 그와 같은 사정을 유일하게 아는 사람이기에 적사연의 행적을 파악했다는 석자문의 보고를 듣자마자 절로 미간을 찌푸렸다.

분명 반가운 일이긴 하나, 시기가 문제였다.

하필이면 갑작스럽게 황실의 주인이 바뀌는 이 시기에, 그것도 그 과정에서 악한 강호의 무리가 개입하고 있다는 사정이 밝혀진 지금 중원으로 나서다니, 참으로 난감했다.

지금의 그에게는 적사연이 아니라 적사연 할아버지가 나타났어도 시간을 할애할 여유가 없었다.

그때 석자문이 그런 그의 속내를 읽은 듯 묘하게 웃으며 추가로 보고했다.

"그는 지금 사부인 해남검파의 대장로 일월비천검(日月飛天劍) 반천양(反天楊)과 함께 항주(杭州)로 오고 있습니다."

설무백은 절로 실소했다.

항주라면 여기 응천부와 그리 멀지 않았다.

전력을 다하지 않아도 한 나절, 앞뒤 가리지 않고 내달릴 경우 반나절이면 그가 도착할 수 있는 거리였다.

그는 짐짓 눈을 부라리며 쏘아붙였다.

"그걸 왜 이제야 말해!"

석자문이 주눅 들기는커녕 기분 좋은 표정으로 하하 웃었다.

"난감해하는 주군의 모습이 재미있어서요. 제 평생 이런 주군의 모습을 언제 또 구경하겠습니까. 하하하……!"

설무백은 야릇한 미소를 지으며 넌지시 경고했다.

"조심해. 그러다가 괜히 한순간에 골로 가는 수가 있으니까."

진심으로 자신의 의중을 말하는 것이 아니었다.

그리고 말과 함께 그는 은근슬쩍 눈동자를 굴려서 측면에 거리를 두고 서 있는 공야무륵을 일별하고 있었다.

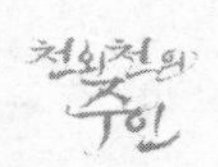

석자문이 그의 눈동자를 따라서 공야무륵을 보고는 찔끔 자라목을 했다.

공야무극은 험악하게 일그러진 얼굴로 그를 주시하며 뜨거운 콧김을 훅훅 불어 내고 있었다.

그는 상대가 누구든 설무백에 관해서는 그 어떤 농담도 통하지 않는 사람이었다.

석자문이 재빨리 웃음기를 지우고 자세를 바로 하는 것을 분위기를 쇄신하며 말했다.

"아직 그들이 항주에 오는 이유는 밝혀내지 못했습니다. 다만 원채가 해남도를 떠나지 않는 사람들이 대륙의 절반을 횡단했으니만큼 무언가 중대한 사건이 있다는 것만은 확실합니다."

설무백은 잠시 곰곰이 생각하다가 불현 듯 뇌리를 스치는 것이 있었다.

적사연과 동행하는 일월비천검 반천양은 해남검파를 구성하는 양대 가문 중 하나인 해남마가(海南魔家)의 최고 배분으로, 같은 양대 가문의 하나로 꼽히는 해남적룡가의 반수검(反手劍) 적윤(赤輪)과 더불어 자타가 공인하는 해남검파의 최고수였다.

그런데 반수검 적윤은 오래전부터 지병으로 드러누웠으며, 작금의 강호 무림에는 자의든 타의든 내로라하는 각 대검문의 최고수들이 움직일 수밖에 없는 일이 벌어져 있었다.

바로 검후가 출도한 것이다.

설무백은 절로 한숨이 나왔다.

"무슨 일이 이렇게 한꺼번에 닥치는지 알다가도 모르겠군."

설무백의 장탄식을 들은 석자문이 습관처럼 눈치를 보며 예리하게 반문했다.

"역시 검후겠죠?"

설무백은 반문으로 인정했다.

"검후의 행적은?"

석자문이 곤혹스러운 표정으로 대답했다.

"전혀 진척이 없습니다. 전에 보고 드린 대로 사천에서 한 번 모습을 드러낸 이후 여태 행적이 묘연합니다."

거의 한 달 전에 받은 보고였다.

검후는 모월 모일 사천의 모처에서 잠시 모습을 드러냈고, 이후 사라져서 행적이 묘연해졌다고 했다.

사천이니 분명 아미와 청성의 검도 고수와 비무를 했을 텐데, 그에 대해서 세간에 알려진 바도 전혀 없었다.

'그새 중원을 횡단했다는 건가?'

전대 검후의 행적을 돌이켜 보면 그녀들은 언제나 중원을 갈지자[之]로 횡단하며 비무를 벌였다.

서쪽 끝인 사천에서 동쪽 끝인 절강까지 비교적 단시간에

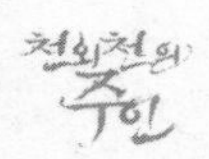

이동한 것을 보면 이번에도 그런 것 같았다.

설무백은 나름 생각을 정리하고 석자문에게 물었다.

"적사연 일행이 벌써 항주에 도착했다는 소리는 아니지?"

석자문이 고개를 끄덕였다.

"예, 아닙니다. 안휘성 태호(太湖)인근에서 항주로 가는 배를 탔다는 보고입니다. 장강을 거스르는 배는 늦기로 유명하니, 빨라도 열흘 후에나 도착하지 싶습니다. 그것도 장강 애들이 건드리지 않고 곱게 보내 준다는 가정 아래 말입니다."

설무백은 사정을 듣고 나니 묻지 않을 수 없었다.

"요즘 장강 애들이 엄청 설치나 보지?"

석자문이 정말이지 아주 징글징글하다는 듯 오만상을 찡그리며 손을 내저었다.

"말도 마십시오. 아주 난리도 아닙니다. 애들이 얼마나 포악을 떠는지 장강일대에서는 남북대전이 아니라 장강환란(長江患亂)이라는 말이 돌고 있을 정도입니다."

설무백은 내심 고소를 금치 못했다.

대충 사태가 어떻게 돌아가는지 이해할 수 있는, 아니, 잘 알고 있는 상황이었기 때문이다.

본디 장강십팔타는 남무림과 북무림이 싸우면 중립을 지키며 중간에 자리 잡고 앉아 있어서 어쩔 수 없이 장강을 오가는 그들을 통해 단단히 한몫을 챙기려는 속셈을 가지고 있었다.

그런데 천지개벽을 일으킬 것처럼 발호했던 남무림과 북무림은 어느 한순간부터 종종 일어나는 지엽적인 분쟁을 빼면 그저 으르렁거리기만 할 뿐, 어디에서도 그들에게 떡고물이 떨어질 만한 싸움을 벌이지 않았다.

소문난 잔치에 먹을 것 없다더니 딱 그 짝이었다.

마치 시작이 끝인 것처럼 무한에서 벌어졌던 한차례 격돌을 마지막으로 남과 북은 그야말로 소강상태, 더 이상 싸움이 벌어질 기미조차 없었다.

장강십팔타가 전에 없이 설치는 이유가 그 때문이었다.

남과 북이 서로서로 경계만 강화해서 남북대전 이전보다도 더 수입이 줄어드는 상태로 자꾸 해만 넘기자, 더는 기다리지 못하고 직접 나서서 여기저기 들쑤시고 다니며 싸움을 조장하는 분위기를 조성하고 있었다.

다른 부분에서와 달리 이 부분은 설무백이 알고 있는 전생의 역사가 그대로 재현되고 있었다.

다만 이건 무시해 버려도 되는 일이었다.

장강십팔타의 발호는 황태손을 통한 황위 계승이 이루어지는 것과 동시에, 즉 차기 황제가 등극하면 잠잠하게 가라앉는다.

고래로부터 새로운 황제는 거의 빠짐없이 병권을 강화해서 권위를 세우고, 병력을 일으켜서 위세를 과시하는 것으로

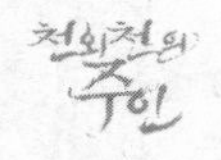

권력을 강화하기 때문이다.

하백으로 불리는 당대 장강십팔채의 총타주 천강룡은 이러니저러니 해도 장강십팔타가 도적의 무리인 수적이라는 것을 충분히 자각하고 있으며, 여차하며 통치력 강화를 위해서 상징적으로 휘두르는 황제의 칼날의 표적이 될 수도 있다는 사실도 모르지 않을 정도는 영리했다.

"일단 장강 애들 쪽은 신경 끄고, 항주의 동향에 집중해. 검후의 행적을 찾으면 더 바랄 게 없지만, 그게 아니라면 적어도 적사연 일행의 움직임은 놓치지 마."

석자문도 작금의 정세를 충분히 이해하고 있는지 장강십팔타의 문제는 더 이상 언급하지 않으며 다른 걸 물었다.

"직접 가실 겁니까?"

"아직은 뭐라고 단정할 수 없어. 여기 일도 그리 만만한 것이 아니라서 말이야."

설무백은 가능하면 적사연을 만나 보고 싶었다.

지난날, 경황 중에 본의 아니게 얼렁뚱땅 헤어진 검후에게도 매우 관심이 갔다.

하지만 지금은 황궁의 문제가 우선이었다.

석자문이 그의 심중을 헤아린 듯 묵묵히 고개를 끄덕이며 말문을 돌렸다.

"남북개방 쪽은 어쩌실 겁니까? 남북대전과 상관없이 자기들끼리 은밀하게 소통하며 무언가 작당하는 것 같은데, 그대로 두어도 괜찮겠습니까?”

설무백은 대답을 뒤로 미룬 채 냉정하게 식은 눈빛으로 석자문을 바라보았다.

다른 건 몰라도 개방에 관한 소식이나 정보를 전할 때의 석자문은 평소와 달랐다.

어딘지 모르게 예민했고, 불필요하게 드러나는 감정적인 요소가 다분했다.

모르긴 해도, 유구한 역사를 가졌다는 측면에서는 유사하나, 하나는 무림의 주역이고 다른 하나는 무림의 지저에서 무시 받고 살아야 했던, 아니, 아직도 그렇게 살고 있다는 자괴감이 부른 거부감일 것이다.

그것이 오늘은 유독 더했다.

설무백은 그게 탐탁지 않았다.

“왜? 남북개방이 통합하면 영영 따라잡을 수 없을 것 같아서 불안하나?”

“……!”

석자문이 불시에 폐부를 찔린 사람처럼 흠칫했다.

설무백은 이에 상관하지 않고 무덤덤한 어조로 더욱 냉정하게 느껴지는 목소리로 꾸짖었다.

“명백하게 지고 있음에도 불구하고 상대를 인정하지 못하는 것은 열등감에 지나지 않는다. 승패를 떠나서 경쟁을 하려면 먼저 상대를 인정하고 존중해라. 그러지 않고 나서는 대결

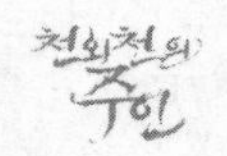

은 필패다."

석자문이 이제야 명백하게 자신의 실태를 깨달은 듯 민망해진 기색으로 고개를 숙였다.

"죄송합니다. 제가 저도 모르게 주제넘은 편견을 가지고 있었나 봅니다. 앞으로 각별히 주의하겠습니다."

"아니, 주의하지 마."

"예?"

"그냥 지금처럼 있는 그대로 행동하라고. 편견을 없애야지 주의를 하겠다는 건 가지고 있는 편견을 밖으로 드러내지 않겠다는 거니 나를 속이겠다는 거잖아."

"아, 아니, 그게 아니라……!"

설무백은 크게 당황해서 어쩔 줄 몰라 하는 석자문을 향해 끌끌 혀를 찼다.

"됐어. 그냥 그게 잘못됐다는 것만 알면 됐다는 소리야."

"아, 예……!"

석자문이 새삼 미안하고 죄스러운 기색으로 어색하게 웃으며 고개를 숙였다.

설무백은 잠시 그런 그를 멀거니 쳐다보며 말했다.

"그러고 보면 사람들은 참 이상해. 동물이나 식물의 변종은 희귀하다고 떠벌이며 귀하게 여기면서 막상 사람이 그런 식으로 변하면 괴물로 취급하며 두려워하지. 그 차이가 어디에 있는지 알아?"

석자문은 밑도 끝도 없는 얘기에 대한 질문임에도 마다하지 않고 신중하게 대답했다.

"사람이고 사람이 아니고의 차이인가요?"

설무백은 고개를 저었다.

"아니. 내가 이것을 다룰 수 있느냐 없느냐의 차이야. 내가 다룰 수 있고 없고의 척도가 그것을 보는 시야를 달라지게 만드는 거지."

그는 자못 의미심장한 눈빛으로 석자문을 직시하며 힘주어 부연했다.

"내가 다룰 수 있는 건 두렵지 않지 않지만 내가 다룰 수 없는 건 두렵지. 내가 다룰 수 없다는 건 나를 해칠 수도 있다는 뜻이니까 괴물로 보이고 두려운 거야. 안 그래?"

석자문은 과연 타고난 수재답게 그의 비유를 제대로 알아듣고 대답했다.

"예, 알겠습니다. 앞으로 남북개방이 뒤에서 무슨 짓을 하든 편협한 마음을 버리고 지극히 객관적인 눈으로 지켜보겠습니다. 그리고 무슨 일이 있어도 우리 하오문이 아니라 그들 개방이 우리 하오문을 두려운 괴물로 보도록 최선을 다하겠습니다."

설무백은 지극히 만족한 기색으로 고개를 끄덕이며 미소를 보였다. 그리고 마지막 지시로 대화를 끝냈다.

"그전에 우선 여기 응천부에 있는 하오문의 전력을 총동원해서 황궁과 관부, 그리고 무림의 동향을 철저하게 감시하도록 해. 북평의 상황도 수시로 보고하고. 무슨 일이 있어도 황태손 즉위식에 문제가 생겨서는 안 되니까."

구중천九重天 (7)

본디 황태손 즉위식에 대해서는, 아니, 정확하게는 황궁의 문제만큼은 가급적 관여하지 않겠다는 것이 설무백의 소신이었다.

자신이 기억하는 강호 무림의 역사를 건드리는 것만으로도 당장 다음 날 어떤 변화의 역풍을 마주할지 몰라서 부담감이 적지 않았다.

그래서 자신이 제대로 기억하지 못하는, 그래서 완전히 다른 세계라고 생각하던 황궁의 역사를 건드리는 것은 마치 금단의 영역으로 들어서는 것 같아서 거부감이 들었다.

굳이 부연하자면 이건 전생의 그와 지금의 그가 확연히 달라진 부분이었다.

전생의 그는 매사에 주변의 눈치를 보지 않았다.

늘 있는 그대로의 감정을 솔직하게 표출하며 언제나 거침없이 행동했다.

하지만 지금의 그는 달랐다.

변했다.

매사에 솔직하게 자신의 감정을 드러내지 않았다.

전생과 달리 에둘러 말하는 경우가 흔했고, 종종 거침없이 속내를 드러내서 사납게 구는 경우가 있다 하더라도 기본적으로 발밑부터 살피고, 앞의 상황을 내다보는 것이 지금의 그였다.

오로지 앞만 보며 곧장 가던 것이 그의 전생이라면 지금의 그는 늘 두리번거리며 걷고 있었다.

좋게 말하면 신중해진 것이고, 나쁘게 말하면 마음에 담긴 불신의 늪이 커진 것이다.

그리고 무엇보다도 상대적으로 내 것에 대한 집착이 강해졌다.

내 것을 건드리는 것은 누구도 용납할 수 없었다.

모든 것을 잃어버린 전생의 아픔과 회한이 이제는 절대 그럴 수 없다는 명제를 그의 뼛속 아주 깊은 곳에 각인해 버린 것이다.

그래서였다.

설무백은 석자문을 밖으로 내몬 다음 날 새벽, 궁성의 높

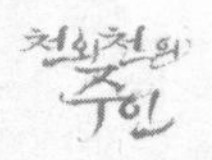

은 담벼락을 눈앞에 두고 있었다.

황궁의 역사에 개입하고 싶은 마음은 없었으나, 내 영역에 들어와서 내 것을 건드린 자가 누구인지는 명확하게 밝혀야 했다.

복수를 위해서가 아니라 내 것을 지키기 위해서였다.

"공야무륵과 위지건은 여기서 대기해. 이의 없지?"

있을 리가 없었다.

은신술은 공야무륵과 위지건에게 있어서 가장 취약한 부분이었다.

그렇다고 삼류 수준인 것은 아니었지만, 대내무반의 고수들이 즐비한 궁성의 내부에 잠입할 수 있을 정도의 수준은 아니었다.

서로에게 불가침의 영역인 황궁과 강호 무림은 서로 다른 세계라 직접적인 비교는 어려우나, 대내무반의 고수 중에는 강호 무림의 고수를 능가하는 무인도 적지 않았다.

늘 그렇듯 무덤덤한 기색으로 명령을 이행하는 위지건이야 그렇다 치고, 공야무륵이 불만이 가득한 표정이면서도 두말없이 고개를 끄덕이며 수긍하는 이유가 거기에 있었다.

낭인 출신으로 수많은 인간 군상을 접해 본 공야무륵은 대내무반의 무공이 절대 강호 무림의 그것에 뒤지지 않는다는 사실을 익히 잘 알고 있었다.

"그리 오래 걸리지는 않을 테지만, 기다리기 심심하면 어디 가서 술이나 한잔하고 있어. 괜히 여기서 얼쩡거리다가 사고치지 말고."

설무백은 짐짓 심통 난 아이처럼 볼을 불리고 있는 공야무륵에게 눈총을 주고는 곧바로 돌아섰다.

지금 그가 서 있는 장소는 황궁의 가장 뒤쪽 담장이 벗하고 있는 비스듬한 구릉지대의 기슭이었다.

물론 여기도 아무나 올 수 있는 장소가 아니었다.

구릉지대를 아우르며 요소요소마다 자리 잡은 대여섯 개의 초소를 지나야 도착할 수 있는 자리인지라 그는 못내 한마디 주의를 더한 것이다.

그는 곧장 날아올라서 황궁의 높은 담을 넘었고, 고도의 은신술이 가미된 경신법을 시전해서 한 마리 야조처럼 밤하늘을 가로지르며 주변의 전경을 눈여겨 살펴보기 시작했다.

와중에 그의 뇌리에서는 전날 나눈 석자문과의 대화가 스쳐지나 가고 있었다.

"뒤쪽으로 해서 어느 정도 들어가시다 보면 가장 높은 전각의 당마루와 추녀의 바로 위에 기와를 여러 겹으로 쌓아 올린 등성이 있을 겁니다. 그 등성이 맞닿는 곳에 눈에 띄게 거대한 용두(龍頭) 하나가 서 있는데, 혹시 헷갈리면 흔히 용마루라고 부르는 거기 등선에 늘어선 잡상(雜像)들의 숫자를 세 보세요. 여덟 개입니다."

"거긴가?"

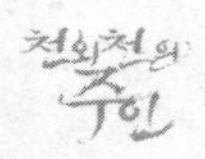

"아니요. 그곳이 태후(太后)마마의 침전(寢殿)인 곤령궁(坤寧宮)인데, 그 앞에 몸통에 칼이 꽂혀 있는 용 한 마리가, 소위 대문(大吻)이라고 부르는 조각이 용마루를 물고 있는 대전이 하나 있습니다. 거기도 헷갈리면 늘어선 잡상들의 숫자를 세 보세요. 정확히 열 개일 겁니다."

"여덟 개가 아니면 열 개도 아니겠군."

"물론이죠. 거긴 황제의 집무실인 건청궁(乾清宮)입니다. 거기서, 그러니까, 곤령궁과 건청궁을 마주하고 서서 보면 정확히 그 사이의 뒤쪽으로 눈에 들어오는 전각이 하나 있습니다. 쉽게 말해서 용마루의 잡상이 일곱 개인 전각이지요."

"그 전각인가?"

"에이, 설마요. 태후의 거처조차 용마루의 잡상이 여덟 개인데 일개 환관 나부랭이가 엄감생심 어찌 일곱 개씩이나 넘본단 말입니까. 말도 안 되죠. 거긴 황태자(皇太子)의 거처인 영화궁(永和宮)입니다."

"내가 언제 황태자의 거처를 물었어?"

"그 영화궁 뒤로 돌아가면 용마루의 잡상이 세 개인 전각이 하나 나오는데, 그곳이 사례거숙(司禮巨宿), 바로 사례태감 정정보의 거처입니다."

"……."

"찾기 쉽죠?"

"지금 나 놀리는 거지?"

"무슨 그런 말씀을! 본디 궁궐 내부는 설명하기 아주 난해합니다. 사방팔방이 세 길 담장으로 둘러싸여 있고, 전각도 다들 그게 그거 같아서 길 찾기가 정말 어렵지요. 해서, 찾기 쉽게 용마루의 잡상 숫자를 지표로 삼다 보니 주변의 전각들 먼저 설명해 드린 것뿐입니다. 정말입니다."

설무백은 다시 생각해 봐도 정말이 아니라 잠시 구박을 받은 석자문의 짓궂은 반항 같다는 기분을 지울 수 없어서 입맛이 썼으나, 이내 안색을 바꾸었다.

쓸데없이 어려운 말을 가져다가 설명한 것은 석자문의 짓궂은 반항일지 몰라도 용마루의 잡상 숫자를 지표로 삼으면 정정보의 거처인 사례거숙을 찾기 쉽다는 말은 사실이었기 때문이다.

파도처럼 넘실대며 흘러가는 기와지붕을 발밑으로 멀리 두고 높이 날아가는 중이라 궁궐의 전각과 전각이 다닥다닥 붙은 상자들처럼 보이는 와중에도 그는 곤령궁과 건천궁을 쉽게 찾았다.

또한 이내 영화궁의 뒤쪽에 자리한 사례거숙도 어렵지 않게 발견할 수 있었다.

우습지 않게도 본의 아니게 석자문의 설명을 의식해서 용마루의 잡상 숫자에 집중한 결과였다.

순간, 그는 즉시 허공에서 멈추었다.

그리고 깃털처럼 서서히 하강해서 사례거숙의 지붕으로 내

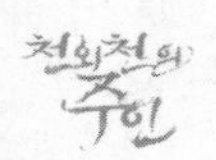

려섰고, 이내 빠르게 녹아내리는 눈사람처럼 지붕 아래로 스며들었다.

야신 매요광의 신법인 야무영의 오대비기 중 하나 신법, 일말의 빈틈만 존재해도 연기처럼 빠져나갈 수 있는 무영귀적(無影鬼跡)이었다.

그가 지붕을 통해 들어선 전각의 내부는 길게 중앙을 가로지른 대들보 아래 자리한 대청이었다.

소리 없이 대청으로 내려선 설무백은 우선 전신의 감각을 그물처럼 펼쳐서 주변의 동정을 살폈다.

멀지 않은 사방에 자리한 경계의 기세가 느껴졌다.

얼추 이십여 개였는데, 특이한 기운이 아닌 것으로 봐서 번초를 서는 금의위 병사일 터였다.

대청의 안쪽에 자리한 전면과 좌우측인 세 개의 문안에서도 사람의 기운이 느껴졌다.

좌측과 우측의 문안에서는 각기 세 사람씩이었고, 가운데 문안에서는 두 사람의 기운이었다.

'둘……?'

설무백은 절로 고개를 갸웃했다.

가운데 방이 정정보의 침실이었고, 좌우측의 방 안에 있는 자들은 분명 호위들이었다.

그런데 정정보의 침실에는 두 사람이 있었다.

보통의 사내라면 몰라도 환관이, 즉 사내구실을 할 수 없는 내시가 여자를 끼고 잔다는 것은 상상할 수 없는 일이라 심히 의아하지 않을 수 없었다.

-옆방의 호위들을 처리해. 죽이지는 말고.

설무백은 소리 없이 따라온 혈영 등에게 전음으로 명령을 내리고 조용히 발걸음을 옮겨서 가운데 방문을 통해 안으로 들어갔다.

방문 안은 세로로 길쭉한 장방형의 방이었다.

대략 이십여 평으로 느껴지는데, 중간에 미닫이문을 설치할 수 있는 문턱이 있는 것으로 봐서 두 개의 방을 하나로 터서 사용하는 방이었다.

그는 태연히 방 안을 둘러보며 말했다.

"그만 일어나지?"

"누, 누구……?"

안쪽의 창가를 벗하고 놓인 침상에서 한 사람이 상반신을 일으키고 있었다.

길게 늘어진 백발이 무색하게 콧수염하나 없이 밋밋한 얼굴을 희뿌연 분칠로 덮은 노인이었다.

넓은 이마와 어울리지 않게 가늘게 찢어진 두 눈과 오른쪽 눈가에 불룩하게 도드라진 사마귀가 이채로웠다.

설무백은 등불 하나 없는 어둠 속에서도 상대가 바로 황궁에서 일인지하 만인지상의 권세를 누리고 있는 사례태감 정정보임을 첫눈에 알아보며 나직이 경고했다.

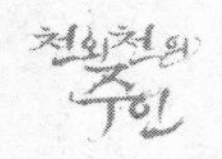

"쉿. 다치고 싶지 않으면 입 다물고 조용히 해."

정정보는 입을 다물지 않았다.

대신에.

"누, 누구냐, 너는?"

가까이 있는 사람이 아니라면 절대 들을 수 없을 만큼 속삭이는 목소리로 물었다.

형장의 서슬보다도 더 위압적인 설무백의 기세가 그를 절로 조심하게 만든 것이리라.

그러나 설무백은 그의 조심스러운 태도에 만족하지 않았다.

"조심해. 한 번만 더 내가 허락하지 않은 말을 하면 크게 다친다."

정정보의 동공이 견디기 힘든 공포를 마주한 것처럼 크게 확대되었다.

벌거벗은 그의 몸이 부르르 진저리를 치고 있었다.

설무백의 목소리는 심드렁하게 들릴 정도로 담담했으나, 사람의 마음을 위축시키고 두렵게 만드는 힘이 실려 있었고, 일인지하 만인지상의 자리에서 천하를 호령하는 정정보도 그 범주를 벗어나지 못했다.

설무백은 그제야 만족한 기색으로 지근거리에 놓인 다탁의 의자 하나를 가져다가 침상에서 반쯤 일어나 앉은 정정보와 석 장 가량을 마주하고 앉으며 말했다.

"그래, 지금처럼 그냥 그렇게 잠든 척하고 있어. 그러면 살 수 있다."

정정보에게 하는 말이 아니었다.

정정보와 같이 덮고 있는 이불로 얼굴을 가린 채 부들부들 떨고 있는 여인에게 하는 말이었다.

설무백은 상체를 조금 앞으로 숙여서 정정보를 바라보며 빙그레 웃었다.

"새롭네. 환관도 여자를 품고 잔다는 사실을 오늘 처음 알았어. 뿌리까지 도려내지 않으면 종종 되살아나는 경우가 있다던데, 그건가?"

당사자인 환관의 입장에서 매우 수치스러운 질문이라 듣기 거북할 텐데, 놀랍게도 정정보는 어느새 평정을 되찾은 사람처럼 표정 하나 변하지 않았다.

등불을 밝히지 않은 방이라 칠흑처럼 어두웠으나, 설무백은 그것을 정확히 볼 수 있는 시야를 가지고 있었다.

정정보가 그 상태로 입을 열었다.

사내답지 않게 가는 음성이 그 입에서 흘러나왔다.

"남녀의 교접은 몸으로만 나눌 수 있는 것이 아니라, 정신으로도, 마음으로도 얼마든지 나눌 수 있는 것이라네."

설무백은 충분히 그럴 수 있다고 생각하며 고개를 끄덕였다.

그리고 슬쩍 손가락 하나를 들어서 정정보를 가리켰다.

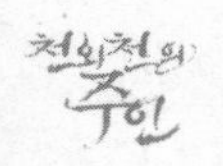

피슝—!

예리한 소음이 울렸다.

설무백의 손가락 끝에서 발사된 한줄기 검붉은 선이 어둠 속을 가로질러서 정정보의 귀불을 스치고 지나갔다.

무극지였다.

팍—!

핏물이 튀고.

"악!"

짧은 비명이 뒤따랐다.

정정보의 한쪽 귀가 흔적도 없이 날아가 버린 것이었다.

설무백은 두 손으로 귀가 사라진 부분을 움켜잡으며 신음을 흘리는 정정보를 향해 냉정하게 말했다.

"내가 허락하지 않은 말을 하면 크게 다친다고 했잖아. 나, 약속은 지키는 사람이야."

"으……!"

정정보가 악문 이 사이로 신음을 삼키며 의자에 앉은 설무백을 뚫어지게 바라보았다.

하지만 아무리 노력해도 소용없었다.

그의 눈동자 하나의 흔들림조차 놓치지 않고 정확하게 바라볼 수 있는 설무백과 달리 그는 설무백의 얼굴을 그 형상조차 제대로 볼 수가 없었다.

그래서 더욱 분하고, 그래서 더욱더 공포가 밀려들었다.

설무백은 그에 아랑곳하지 않고 냉담하게 대화를 주도해 나갔다.

"자, 이제 질문할 테니, 말해 봐. 간단명료하게."

그는 재우쳐 물었다.

"엊그제 당신의 양자들 중 하나인 후군도독 등평이 죽었지. 그가 왜 죽었는지 아나?"

정정보는 대답 대신 눈동자를 빠르고 굴렸다.

오만가지 생각이 뇌리를 스치는 것 같은 모습이었다.

실제로 그랬다.

설무백의 질문을 듣는 순간, 아니, 그 이전에 설무백을 마주한 순간부터 그는 자신이 무엇을 어떻게 행동해야 옳은지, 어떻게 적어도 죽지 않고 살아서 이 자리를 벗어날 수 있는지 치열하게 생각하고 있었다.

죽기 싫었다.

살아야 했다.

세상의 그 어떤 것도 생명을 지키는 것보다 우선할 수 없다는 것이 그의 지론이었고, 그래서 그는 지금도 사실 그대로의 진실보다는 지금 눈앞의 이놈이 원하는 대답이 무엇인지부터 찾았다.

치사하다고?

졸렬하다고?

겁쟁이라고?

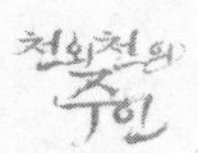

지랄하지 마라!

개소리 집어 치워라!

죽지 않고 살아야 치사도 있고, 졸렬도 있으며, 두려움도 느낄 수 있다.

죽음을 두려워하지 않는 사람은 미친놈이거나 이미 죽은 놈뿐이다.

죽으면 만사휴(萬事休), 모든 것이 다 끝이기 때문이다.

천하의 그 어떤 밀림보다도 더 약육강식(弱肉强食), 적자생존(適者生存)의 철칙이 난무한다고 생각하는 구중궁궐에서 그가 여태 살아남으며 지금 이 자리까지 온 것이 바로 그와 같은 지론을 철저히 지킨 덕분이었다.

사람이 무언가를 하는 것은 분명 원하는 것이 있기 때문이고, 그는 어떠한 악조건 속에서도 상대가 원하는 것을 알아내는 재주를 가지고 있었다.

그뿐 아니라, 느닷없이 깨어나서 한치 앞도 보이지 않던 캄캄한 어둠도 이제는 두 눈이 적응해서 흐릿하게나마 상대의 모습을 볼 수 있게 되었다.

어둠이라는 공포를 벗어난 덕분에 경직되었던 심신이 적잖게 풀어진 그는 이제 어느 정도 여유를 되찾아서 다양한 생각이 가능했다.

'단순한 자객이 아니다. 당장에 나를 죽일 생각도 없다. 자고 있는 나를 깨운 건 나를 죽이는 것보다 내게서 알아내야

하는 것이 더 중요하다는 뜻이다. 다른 무엇보다도 여기는 궁궐이다!'

정정보는 아무리 생각해도 자신이 꿀릴 이유가 없다고 판단하며 대화를 주도하기로 마음먹었다.

지금 눈앞에 있는 자가 진정으로 원하는 것이 무엇인지 알아내려면 좀 더 대화가 필요했다.

"자네가 아는지 모르겠지만, 내게는 양자가 아홉이나 있다네. 물론 등평은 그중에서 다섯째지만, 내가 매우 아끼는 아이라……!"

설무백이 더 듣지 않고 슬쩍 손가락 하나를 들어서 정정보를 가리켰다.

정정보는 절로 앞서의 상황이 떠올라서 질겁하며 고개를 숙이려 했으나, 이미 늦었다.

피슝-!

설무백이 뻗어낸 손가락에서 발사된 한줄기 흑선이 벌써 정정보의 남은 한쪽 귀를 훑어 버렸다.

"크으……!"

정정보는 억눌린 신음을 흘리며 몸을 웅크렸다.

그가 반사적으로 두 손을 가져간 얼굴의 옆면에는 마땅히 있어야 할 귀가 이미 사라지고 없었다.

그의 신음이 그로 인해서 더욱 자지러졌다.

의도적인 짓이었다.

양쪽 방에 있는 호위를 부르기 위함이었다.

그런 그의 생각을 아는지 모르는지, 어디까지나 무심한 설무백의 목소리가 들려왔다.

“내가 약속은 지키는 놈이라고 했지? 웬 사설을 그리 늘어놓는 거야. 그새 간단명료하게라는 내 말을 잊은 거야?”

정정보는 얼굴이 파랗게 질려서 떨리는 눈빛으로 설무백을 바라보았다.

지금 그는 살아생전 처음으로 벽에 가로막힌 기분이었다.

제법 크게 내지른 그의 신음에도 호위들은 아무런 기척이 없었다.

이건 그가 어떤 식으로든 완벽하게 고립되었다는 뜻이었다.

게다가 지금 그의 눈앞에 앉은 자는 지금까지 겪어 봤던 그 어떤 자들과도 달랐다.

아니, 어쩌면 미처 버린 광인일지도 몰랐다.

그의 견지에서 그렇지 않다면 얻어 내야 할 것이 많은 그에게 이렇게 막무가내로 몰아붙일 이유가 전혀 없었다.

정말이지 이게 무슨 짓이냐고 따지고 싶지만, 그럴 수가 없었다.

두려웠다.

지금 그는 도무지 어디로 튈지 모르는 사람과 마주하고 있었다.

그는 절로 비굴해진 눈빛으로 설무백의 눈치를 볼 수밖에 없었다.

설무백이 그런 그의 마음을 읽은 것처럼 야릇한 미소를 짓고 쳐다보며 물었다.

"내게 당신을 죽일 생각이 없다고 생각했지?"

정정보는 대답하지 않았다.

답변을 요구하는 질문으로 들리지 않았고, 그에 앞서 대답해도 좋다고 허락하지 않았다.

무엇보다도 지금 자신의 눈앞에 앉아 있는 자의 눈빛은 마치 자신을 개구리처럼 낱낱이 해부하고 있다는 느낌이 들어서 그는 그 어떤 판단도 내릴 수가 없었다.

새삼 두려운 경각심이 정정보의 등골을 스쳤다.

그때, 과연 설무백이 대답을 기다리지 않고 자신의 질문에 스스로 답했다.

"맞아. 사실이야. 나는 당신을 죽일 생각이 전혀 없어. 당신이 죽으면 뭔가 일이 잔뜩 꼬일 것 같아서 말이야. 대신 딱 거기까지야. 죽이지 않고 살려 두겠다는 것까지만. 즉, 살아도 산 것이 아닌 것 같이는 만들어 줄 수 있다는 뜻이지."

정정보는 절로 마른침을 삼켰다.

설무백의 말이 추호도 거짓 없는 진심으로 다가와서 이제 그는 다른 생각을 전혀 할 수가 없었다.

설무백이 속을 알 수 없는 눈빛으로 그런 그를 지그시 바

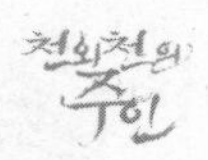

라보며 재우쳐 물었다.

"자, 이제 대답해 봐. 등평이 왜 죽었는지 알아 몰라?"

정정보는 고개를 저었다.

"모르네."

진저리를 치듯 몸을 떨면서도 끝내 하대를 버리지 못하는 것은 마지막 남은 자존심일 것이다.

설무백은 그것까지 나무라고 싶은 마음은 없다는 듯 무심한 표정 그대로 질문을 추가했다.

"고독에 당했기 때문이다. 그걸 알고 있었나?"

정정보는 의지와 무관하게 오만상을 찡그렸다.

무언가 불길한 예감이 머리끝에서 발끝까지 관통하는 듯한 전율에 몸이 떨리긴 했으나, 지금 그가 대체 무슨 말을 하는 것인지 전혀 알아들을 수가 없었다.

그래서였다.

그는 무의식중에 거듭 이어졌던 설무백의 경고도 잊어버린 채 물었다.

"고독이 뭔가?"

질문을 던지고 나서야 정정보는 설무백의 경고가 떠올라서 미친 듯이 손사래를 치며 변명에 나섰다.

"아니, 나는 그저……!"

설무백이 슬쩍 손가락을 들었다.

정정보는 기겁하며 두 손으로 머리를 싸맸다.

그러나 설무백의 손은 그를 가리키는 것이 아니라 자신의 입술에 대졌다.

"쉿!"

조용히 하라는 시늉이었다.

정정보는 시키는 대로 조용히 했다.

설무백이 입술에 댔던 손가락을 때며 불쑥 물었다.

"천사교를 아나?"

정정보는 미간을 찌푸리며 대답했다.

"들어는 봤네. 혹세무민하는 사이비집단이라고 하더군."

설무백은 밑도 끝도 없이 요구했다.

"따라해 봐. 구중천, 봉명사신."

정정보는 이게 뭔가 싶은 얼떨떨한 기분 속에서 설무백의 말을 따라했다.

"구중천, 봉명사신."

설무백이 잠시 무심하게 앉아서 있었다.

사실은 정정보의 기색을 살핀 것인지만, 정작 정정보는 그것을 알 수가 없었다.

이윽고, 설무백이 자리에서 일어났다.

정정보는 천사교를 생경해했고, 고독도 모르는 것이 확실해 보였으며, 등평 등이 발작을 일으킨 말을 뱉어 내고도 몸에서 아무런 변화가 일어나지 않았기 때문에 더 이상 이곳에 남아 있을 이유가 그에게 없었다.

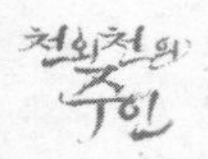

내막을 모르는 정정보는 갑자기 자리에서 일어난 설무백 때문에 지레 겁을 먹고 움찔 자라목을 했다.

설무백은 아무 짓도 하지 않은 채 돌아서며 말했다.

"너는 오늘 나와 만나지 않았다. 잊기 어려울 테지만, 그래도 오늘 일은 잊어라. 그러면 적어도 내 손에 죽을 일은 없을 거다."

정정보가 무언가를 말하려다가 참고 또 참다가 설무백이 방문을 나서려는 순간에 서둘러 말했다.

"귀하는 누군가?"

설무백은 방문 앞에 서서 반문했다.

"복수를 하고 싶어서 그러나?"

정정보가 자못 단호한 표정으로 고개를 저으며 대답했다.

"복수는 모르겠고, 오늘 일을 잊으려면 적어도 귀하가 누군지는 알아야 할 것 같다. 내가 오늘 일을 잊기 바란다면 이름이 아니라도 좋으니 내가 귀하를 기억할 만한 아무것이라도 남겨 두길 바란다."

설무백은 자신이 누군지 알아야 오늘 일을 잊을 수 있을 것 같다는 정정보의 말이 참으로 모순적으로 들리면서도 왠지 모르게 수긍이 갔다.

그는 잠시 생각하다 밖으로 나서며 대답해 주었다.

"나는 천외천의 주인이다."

정정보는 묵묵히 고개를 끄덕였다.

그는 침상에 앉은 그대로 설무백이 사라진 방밖을 한동안 주시하고 있다가 슬며시 침상 머리로 손을 내밀었다.

침상머리의 벽에는 보석으로 치장된 패도 한 자루가 장식처럼 걸려 있었다.

그는 조용히 그 패도를 뽑았다.

장식용임이 분명해 보이는 패도의 칼날은 의외로 시퍼런 서슬을 가지고 있었다.

그는 잠시 그 서슬을 음미하듯 쳐다보다가 이내 느닷없이 칼끝을 돌려서 옆에 누워 있는 여인을 찔렀다.

"컥!"

패도의 서슬은 머리까지 이불을 뒤집어쓰고 숨죽인 채 바들바들 떨고 있던 여인의 심장을 정확히 찌른 것 같았다.

여인은 짧은 비명과 함께 한차례의 경련을 끝으로 조용히 죽었다.

"운이 나빴다고 생각해라. 다른 누군가가 내 치부를 보는 것은 도저히 용납하기 어려워서 말이다."

침상을 벗어나서 등불을 켜고 붉은 핏물로 흥건한 침상을 확인한 정정보는 작위적인 혼잣말을 뇌까리며 밖으로 나섰다.

양쪽 귀가 모두 잘려져 나간 그의 얼굴과 몸은 그야말로 핏물로 흥건해서 흉신악살의 모습이 따로 없었으나, 그는 그런 것은 안중에도 없었다.

과연 오늘 일을 잊을 수 있을지는 모르겠으나, 황태손 즉위식이 시작되기 전에 우선 천외천의 주인이라는 작자가 뱉어 낸 말부터 정확하게 확인해 봐야겠다는 것이 지금 그가 생각하는 전부였다.

"고독, 그리고 천사교라 이거지!"

구중천九重天 (8)

서로 입장은 다르지만, 궁궐을 벗어나서 백양반점으로 돌아가는 설무백도 정정보와 마찬가지로 머릿속에 오직 한 가지 생각으로 가득했다.

정정보가 아니라면 과연 황궁의 누가 천사교를 끌어들였다는 것일까?

도무지 감을 잡을 수가 없었다.

이번 황태손 즉위식의 주축은 분명 정정보이고, 그로 인해 가장 득을 볼 사람 역시 누가 뭐래도 정정보였다.

그런데 정정보가 끌어들이지 않은 천사교가 정정보의 양자 중 하나를 통제하고 있었다.

이건 분명 황궁 내에 그는 물론, 정정보도 모르는 재삼의 세력이 존재한다는 뜻이었다.

그가 아는 견지에서 연왕이 천사교를 끌어들일 일은 만무하기 때문이다.

그러니 이제 그도 머리가 복잡해졌다.

아니, 머리가 복잡해졌다기보다는 그럴 각오를 하고 결정을 내려야 했다.

과연 황궁의 문제에 본격적으로 뛰어들 것인가?

아니면 애초의 생각대로 모든 것을 순리에 맡기고, 정확히는 그가 기억하는 역사대로 흘러갈 것이라 믿고 그저 지켜보며 방관할 것인가?

설무백은 고민스러웠으나, 정작 이거다 하고 결정을 내리지는 못했다.

어느 것이 옳은 판단인지 도저히 확신할 수가 없었다.

그런데 우습지 않게도 그런 그의 고민을 일행 중에 가장 미욱한 위지건이 한마디로 해결해 주었다.

다른 일행은 차치하고, 위지건도 궁궐을 나설 때부터 적잖게 경직되어 있는 설무백의 표정을 보고 무언가 깊은 고민에 빠져있음을 느꼈던 것 같았다.

이윽고, 도착한 백양반점으로 들어서는 설무백의 뒤에서 위지건이 밑도 끝도 없이 한마디 툭 던졌다.

"장고(長考)끝에 악수(惡手)난다."

설무백이 돌아보자, 위지건이 누런 이를 드러내고 히죽 웃

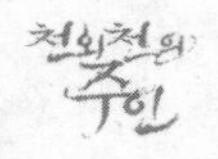

는 것으로 미욱한 티를 더하며 부연했다.

"예전에 사부가 제게 바둑을 가르쳐 주면서 해 준 말이에요. 바둑에서 반드시 새겨들어야 할 명언인 위기십결(圍棋十訣)을 전부 합한 것보다 더 명언이라고 하면서요."

누군가에게는 코웃음이 나올 정도로 같잖은 말이 다른 누군가에는 돌이킬 수 없는 충격을 주거나 더 나아가서 인생의 지표가 되는 경우도 있다.

장고 끝에 악수 난다는 위지건의 말이 설무백에게 그랬다.

느닷없이 얼음 섞인 찬물을 뒤집어쓴 기분이었다.

설무백은 그의 말에 돈오(頓悟)의 순간을 맞이하는 선승(禪僧)처럼 머리가 맑아지며 가슴이 탁 트였다.

옳은 말이었다.

너무 뜨거워도 독이지만, 너무 차가워도 독이다.

'세상에 그 어떤 것도 정해진 것은 없다!'

모든 것은 언제나 좋은 쪽으로든 나쁜 쪽으로든 늘 변할 수 있기 마련인데, 그 속에 살면서 한 가지 방향만 선택하고 고집하는 인생이 과연 옳을까?

옳지 않다.

분명 그게 옳지 않다는 것을 알고 있으면서도 그는 자신이 정해 놓은 틀을 벗어나지 못하고 있었다.

남에게는 유연한 사고를 강조하면서 정작 그의 사고는 딱딱하게 굳어 있었던 것이다.

이거야 말로 내 얼굴에 묻은 똥은 보지 못하고 남의 얼굴에 묻은 겨만 보는 격이었다.

내 마음대로 움직이고, 내 뜻만 펴고 살다가 죽은 전생의 기억이 자신도 모르는 사이에 그의 사고를 그렇게 경직시켰을지 모른다.

이유야 어쨌든, 이제는 되었다.

내 마음대로만 움직이고 내 뜻만 펴는 사고도 옳진 않지만, 다른 사람의 말대로만 움직이고 다른 사람의 뜻만 따르는 사고도 옳지 않다.

정해진 틀을 지키는 고집도 필요하지만, 언제든지 정해진 틀을 벗어날 수 있는 용기도 필요하다는 것을, 그게 바로 유연한 사고라는 사실을 그는 예상치 못한 위지건의 한마디로 깨달은 것이다.

위지건이 과연 그처럼 심오한 생각으로 조언한 것인지는 알 수 없지만 말이다.

'그래, 흔들리며 가는 것이 삶이다. 생각과 다르면 그냥 다른 것으로 인정하고 제자리로 돌아와서 다시 가다듬는 것도 나쁘지 않다.'

설무백은 전에 없던 여유를 얻으며 마음을 다잡았다.

예전에는 아니었을지 몰라도 지금의 그는 이제 멀리 돌아가는 것이 전혀 두렵지 않았다.

기실 이건 그가 정신적인 측면에서 매우 지대한 성장을 한

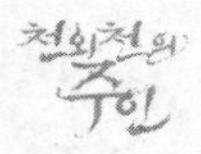

것이며, 그로 인해 보다 더 견고해진 심력을 통해서 실질적인 무력에도 상당한 영향을 끼치는 일이었으나, 정작 그 자신은 아직 거기까지는 미처 깨닫지 못하고 있었다.

더 없이 홀가분해진 기분이 된 그는 백양반점의 거처로 들어서기 무섭게 석자문을 불러서 전에는 전혀 고려하지 않던 명령을 내렸다.

"지금 여기 응천부에서 정정보의 양자 아홉을, 아니, 이제 여덟이지. 그 여덟의 일거수일투족을 은밀하게 감시할 만한 하오문의 여력이 있나?"

석자문이 곤혹스러운 표정으로 대답했다.

"아직 그 정도는 무리입니다. 구룡자와 일청을 포함한 십이재의 몇몇 만이 가능한데, 그 아이들을 다 빼돌리면 우리 하오문이 굴러가지 않습니다."

설무백은 이미 짐작한 대답이라 곧바로 다시 물었다.

"그래서 몇이나 빼돌릴 수 있어?"

석자문이 잠시 생각하고 대답했다.

"구룡자에서 둘, 십이재에서 셋, 그렇게 다섯입니다."

"좋아."

설무백은 흡족한 모습으로 잘라 말했다.

"그 정도면 됐어."

"하면, 나머지는……?"

"사도와 흑영, 백영이 나설 테니, 어서 가서 다들 불러와."

"예, 알겠습니다!"

석자문이 즉시 대답하고 나서 밖으로 나서려다가 이내 조심스럽게 물었다.

"한데, 황궁의 일은 가급적 참견하지 않겠다고 하셨는데, 생각을 바꾸신 겁니까?"

설무백은 웃는 낯으로 대수롭지 않게 말했다.

"가급적이라고 했잖아. 될 수 있는 대로, 형편이 닿는 대로. 이제 가만히 있을 형편이 아니니까 마땅히 나서야지. 물론 여기서 더 나아가야 할지, 말아야 할지는 조금 더 경과를 지켜봐야겠지만."

석자문이 충분히 납득했는지 묵묵히 고개를 숙여 보이며 서둘러 밖으로 나갔다.

모든 일이 그처럼 기민하게 처리되었다.

밖으로 나갔던 석자문은 불과 한 식경(食頃 : 30분 정도)도 되지 않아서 다섯 사람을 대동하고 돌아왔다.

구룡자에 속한 두 연인인 흑비희와 녹산예, 그리고 십이재의 수뇌인 일청도인과 아삼, 이랑이 바로 그들이었다.

설무백은 그들과 사도, 흑영, 백영에게 즉시 정정보의 양자들을 감시하라고 지시했다.

그게 누구든 황태손 즉위식에 관심을 보이는 제삼의 세력이 오직 등평 하나만을 끄나풀로 삼았다는 것은 있을 수 없는 일이었다.

분명 누군가 더 있을 터였다.

설무백이 그렇듯 모든 일을 반나절 만에 일사천리로 처리하고 나서 한숨 돌리는 참인데, 석자문이 찾아와서 말했다.

"괜찮으시면 같이 가시겠습니까?"

"……어딜?"

"남경 응천부에서 벌어지는 모든 대소사가 여기에서부터 알려진다는 장소가 하나 있습니다. 너무 유명한 정보의 바다라 어중이떠중이가 득시글거리긴 하지만, 가끔 얘기치 못한 왕건이를 건지기도 하지요."

그의 제안에 설무백은 두말없이 자리를 털고 일어났다.

"가지!"

석자문이 정보의 바다라고 말한 그곳은 다름 아닌 응천부에서 최고의 기원(妓苑)으로 꼽는 가가원(歌嘉苑)이었다.

가가원에 도착했을 때, 설무백은 여기가 정말로 정보의 바다인지는 알 수 없었으나, 응천부 최고의 기원이라는 것은 첫눈에 알 수 있었다.

우선 삼면을 장강의 푸른 물결로 두르고, 깎아지른 절벽의 모습이 제비를 닮았다고 해서 연자기(燕子磯)라 불리는 남경 제일의 절경 위에 자리 잡은 가가원은 말이 기원이지 주루, 객점, 다원에서 도박장에 이르기까지 갖추지 않은 것이 하나도 없었다.

풍광 뛰어난 연자기의 마루턱에서 웅대하게까지 보이는

장강의 푸른 물결을 바라보며 인간이 누리고 싶어 하는 모든 향락을 두루 다 해결 가능한, 호화롭고 거대한 규모를 갖춘 장소가 바로 가가원이었다.

그러나 그게 다가 아니었다.

정작 가가원이 응천부 최고의 기원으로 꼽히며 전국 방방곡곡의 풍류남아들을 불러 모으는 결정적인 이유는 따로 있었다.

가가원에는 예기(藝妓) 하화(河花)가 있고, 그녀는 작금의 천하에서 철혈의 여제이기 이전에 백도의 꽃이라는 남궁세가의 장녀 남궁유아, 흑도의 꽃이라는 흑선궁의 비접 부약운, 얼음 꽃의 화신이라는 빙녀 희여산과 더불어 천하사대미인으로 불리며 당금 천하제일미(天下第一美)를 다투는 미녀이기 때문이다.

물론 설무백은 하화를 보고자 가가원을 방문한 것이 아니었기 때문에 석자문이 이끄는 대로 가가원을 구성하는 큰 열두 채의 전각들 중에서 세 번째 전각인 다원으로 들어가서 자리를 잡았다.

늦은 시간임에도 손님들이 하도 많아서 드넓은 객청이 비좁게 보이는 마당인데, 마침 풍광 좋은 바깥쪽 탁자 하나가 비어져 있었다.

사방이 탁 트이게 높이 지은 누각(樓閣)이긴 했으나, 아무래도 주변의 풍광을 감상하기에는 안쪽보다 바깥쪽의 자리

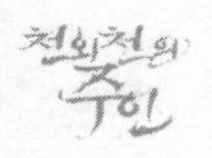

가 나아서 좀처럼 나지 않는 자리가 비워져 있었으니, 재수가 좋았다고 볼 수 있었다.

게다가 의자에 앉혀 놓아도 남들이 서 있는 것보다 더 높게 도드라지는 거구의 위지건 때문에라도 가급적 안쪽 자리는 피해야 했다.

안 그래도 객청으로 들어설 때, 거대한 곰처럼 장대한 위지건의 체격 때문에 장내에 있던 사람들의 이목이 한순간 그들에게 쏠렸었다.

"이 시국에도 노다지를 캐고 있군."

"이게 다 삼절가인(三節佳人)의 위력이지요. 규모를 떠나서 그녀 하나로 인해 가가원을 천하제일루로 알려진 항주의 소강원과 견주는 이들이 많을 정도입니다."

삼절가인은 예기 하화를 부르는 호칭이었다.

남경 응천부 사람들은 그녀가 경국지색(傾國之色)이라는 말이 무색한 화월용태(花容月態)의 절세가인(絕世佳人)이고, 그녀의 피리와 비파(琵琶)의 연주는 능히 모든 사람의 마음을 홀릴 수 있었다.

그럼에도 불구하고 절대 웃지 않는 그녀의 태도는 단순한 무정이 아니라 공평함에 기인하는 것이라고 치장하며 그녀를 삼절가인이라고 불렀다.

"그녀를 보려면 여기가 아니라 기원으로 가야지, 왜 여기 다원에 죽치고 앉아 있는 거야?"

"여기가 명당이거든요."

"명당이라니?"

"하화는 술 시중을 드는 일반 기녀가 아니라 예기입니다.그녀는 대나무피리를, 정확히는 해동에서 전해졌다는 단소(短簫)와 오동나무로 짠 타원형의 몸에 네 줄과 열두 기둥으로 만든 사현(四絃)의 당비파(唐琵琶) 연주가 아주 일품인데, 여기서도 하루에 한두 번 정도 연주하지요."

"고작 찻값으로 그녀를 볼 수 있고, 연주까지 즐길 수 있으니, 명당이다?"

"아니요. 그보다는 자신은 기녀를 끼고 술을 마시러 온 한량이 아니라 차를 마시러 왔을 뿐인 고고한 사람으로 보여 그녀의 흥미를 끌어내는 데 명당이라는 겁니다."

무심결에 다그친 설무백은 정말 예상치 못한 대답이라 못내 감탄하다가 퍼뜩 정신을 차리며 석자문에게 물었다.

"우리가 그 여자를 보러 온 건 아니지?"

"하하하……!"

석자문이 샛길로 빠진 자신의 실태를 깨달은 듯 멋쩍게 웃고 나서 말했다.

"물론 아니지요."

그는 은근슬쩍 주변을 둘러보며 부연했다.

"보십시오. 다들 번지르르하지요? 하나같이 명문거족(名門巨族), 명문세가(名文世家)의 영식이거나, 명문대파(名文大派)의 제

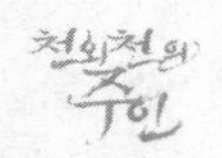

자들이라 그렇습니다."

과연 그랬다.

주변의 탁자들에는 남자들끼리 혹은 남자와 여자가 섞인 채로 삼삼오오 앉아 있었는데, 거의 대부분이 명문가의 출신으로 보이는 이십 대의 젊은이들이었다.

사내들은 다들 머리에 비취가 박힌 영웅건을 두르고, 허리에는 옥대를 둘렀으며, 개중에는 각종 보석으로 장식된 패검을 차거나, 그다지 덥지 않음에도 한 손에 부채를 들고 흔드는 사내들도 있었다.

여자들도 그에 못지않은 복색이었다.

조상 대대로 미녀들만 골라서 혼례를 올리고 첩을 구했을 명문가의 출신답게 사내들 대부분이 평균 이상의 미남자인 것처럼 어디 가서 전혀 빠지지 않을 미모를 가진 그녀들 역시 다들 흔히 구할 수 없는 비단옷을 걸치고 있었다.

궁정의 여인들처럼 화려한 듯하면서도 예의와 격식을 갖춘 우아함이 풍기는 차림, 지나치게 화려하지는 않으나, 나름의 절제와 조화의 미가 상당한 가격을 말해 주는 복색이었다.

호화스러운 비단 옷은 아니었지만, 나름 깨끗하고 단정한 장삼을 차려입은 설무백 등의 행색이 초라하게 느껴질 정도였다.

물론 주변에는 그들과 비슷한 행색도 있기는 했다.

다만 앉은 위치나 행동거지만 봐도 명문가의 자제들이 대동한 호위임을 알 수 있는 자들이 다였다.

설무백은 본의 아니게 미간을 찌푸렸다.

아까 여기로 올라섰을 때 쏠린 주변의 이목이 단순히 거구인 위지건 때문이 아니라 그들 모두의 행색을 초라하게 보았기 때문일지도 모른다는 생각이 들어서 못내 기분이 떨떠름했다.

그러나 그들은 여기에 놀러 온 것이 아니라 일을 하러 온 것이었다.

그는 마음을 다잡으며 물었다.

"저들이 입에서 나오는 정보를 모은다는 건가?"

석자문이 대답했다.

"예, 그렇습니다. 아시다시피 여기 응천부는 남북대전과 무관하게 중원의 모든 가문에게 열린 공간인지라 참으로 다양한 정보를 얻을 수 있습니다."

설무백은 묵묵히 고개를 끄덕였다.

석자문의 말마따나 다른 지역과 달리 여기 응천부는 특별했다.

남북대전과 무관하게 중원의 모든 가문과 문파가 얼마든지 마음껏 드나들 수 있는 장소였다.

당연했다.

강호 무림의 싸움이 아무리 치열하다고 해도 감히 황제가

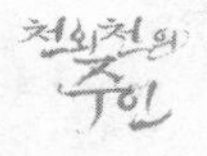

머무는 수도에서까지 서로 간에 이를 드러낼 수는 없었다.

관과 무림이 암묵적으로 불가침의 영역임을 인정한다고는 하지만, 언감생심 황제의 집 앞마당에서까지 그러기를 바란다는 것은 가당치 않았다.

모름지기 암묵적인 인정에는 암묵적으로 넘지 말아야 할 선도 있는 것이다.

이러쿵저러쿵 해도 결국 일개 야인에 불과한 강호인들로서는 남과 북으로 갈라져서 싸우는 강호 무림의 현실을 황제가 모르는 척 눈감아 주는 것만도 황송하기 짝이 없는 일이었다.

속된 말로 숫자에는 장사가 없다고 하질 않은가.

제아무리 날고 기는 고수들이 즐비한 강호 무림이라 할지라도 감히 천만대군의 병권을 휘두르는 황제를 거역할 수는 없었다.

그래서였다.

남경 응천부는 동쪽에 치우치긴 했어도 엄연히 남북의 경계에 자리하고 있었으나, 남북대전의 와중에도 격류 속의 외딴 섬처럼 고요하기만 했다.

남북대전은커녕 서로 다른 강남과 강북의 이념조차 제대로 따질 수 없는 불가침의 영역으로 존재하는 장소가 바로 남경 응천부였다.

물론 겉과 달리 속에서는 갖가지 암수와 묘계가 난무할 테지만 말이다.

"특히 강북보다는 강남, 그리고 강남보다는 황궁의 정보가 아주 흘러넘치지요."

설무백은 자신만만하게 이어진 석자문의 말도 충분히 이해할 수 있었다.

사실이었다.

그럴 수밖에 없는 일이었다.

탁발승 노릇과 난(亂)을 일으켰던 홍건적(紅巾賊)의 일개 도적이라는 밑바닥에서 시작해서 작금의 명(明)나라를 세운 태조(太祖), 연호를 붙여서 홍무제(洪武帝)라 불리는 당금 황제 주원장(朱元璋)에게는 물심양면으로 건국을 도운 공신 집단이 있었다.

그들은 바로 위천군(爲天軍)이었고, 그 위천군은 강남의 칠십이가문(七十二家門)이 주도한 무장 집단이었다.

강남의 지주 집단인 그들, 칠십이가문이 건국 초기부터 나라의 경제를 주도하고 있을 뿐만 아니라, 행정 관료의 자리를 대부분 차지하고 있는 이유도 바로 거기에 있었다.

즉, 남경 응천부는 역사적으로 강남 사람들이 텃밭과 같아서 강북 사람들이 활개를 칠 수 없는 지역이고, 남경 응천부에 있는 강남 사람들은 거의 대부분이 황궁의 관료이거나 적어도 그와 관련된 가문의 인물들이었다.

'아무리 그렇다고 해도……?'

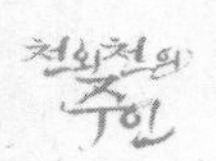

감히 누가 황궁의 일을 외부로 누설할 것인가.

설령 누설한다고 해 봤자 얼마든지 떠벌려도 괜찮은 것들만 떠들어 댈 것이 아닌가.

설무백이 당연한 의심을 품고 물어보려는 참에 석자문이 그걸 알아본 듯 먼저 말했다.

"진실은 언제나 건조한 대화와 아름답게 가공한 거짓 속에 숨어 있기 마련입니다. 그사이에 연관과 함축적인 의미와 관계 등을 파헤쳐서 그게 가리키는 사물이나 어떤 상황에 대한 새로운 소식과 진실을 밝혀내는 것이 바로 저 같은 정보꾼들의 역할이니, 주군은 심려하지 마십시오."

설무백은 짐짓 눈총을 주었다.

"잘난 척하는 거지 지금?"

석자문이 턱을 내밀며 자못 뻔뻔스럽게 인정했다.

"예. 이때가 아니면 또 언제 저의 필요성을 주군께 부각시킬 수 있겠습니까. 절대 놓칠 수 없는 기회니 잡아야죠."

설무백은 픽 웃었다.

석자문이 그 순간에 고개를 숙인 채 자신의 어깨로 은근슬쩍 그의 어깨를 툭 건드리며 속삭였다.

"마침 오네요. 제가 보석처럼 아끼는 친구이니 어디 한번 들어 보십시오."

지상과 연결된 계단을 통해서 막 누각의 객청으로 올라선 두 남자와 두 여자가 보였다.

네 사람 모두 젊어서 많아야 이십 대 중반으로 보였는데, 다들 귀티가 흐르는 준수한 용모이고, 화려하진 않아도 비싼 느낌을 주는 복색이라 명문가의 출신임을 첫눈에 알아볼 수 있었다.

그리고 석자문이 그들을 두고 보석 운운하는 이유가 이내 드러났다.

자리를 잡고, 차를 마시며 시작된 그들의 대화는 참으로 더없이 흥미진진했다.

구중천九重天 (9)

각기 흑의와 적의를 걸친 두 남자는 모두 영준한 얼굴과 건장한 체구에 주변을 의식하지 않는 당당한 태도가 돋보이는 사내들이었으나, 서로 느낌은 조금 달랐다.

우선 흑의 사내는 넓은 이마 아래 부리부리한 호목과 우뚝한 콧날, 두터운 입술을 가진 선이 굵은 얼굴이라 묵직하고 강인한 인상이었다.

반면에 적의 사내는, 정확히는 소매가 없는 붉은 겉옷 안에 백색의 경장(輕裝)을 걸친 사내는 같은 이목구비라도 상대적으로 선이 가늘어서, 좋게 말하면 섬세한 느낌이고 나쁘게 말하면 예민한 성정이 드러나는 외모였다.

비교적 콧대는 높고 입술은 조금 얇아서 그런지 자존심이 강해 보이는 인상이었다.

그런 면에서 봤을 때, 공히 백색 경장 차림인 두 여자도 그들처럼 매우 다른 느낌이었다.

약간의 나이 차이가 눈에 들어오는 것만 빼고는 막 피어난 장미꽃처럼 화사한 외모는 두 여자 모두 같았다.

다만 아직 나이 스물이 안 된 듯, 소녀티를 갓 벗은 듯한 어린 여자는 잠시도 가만히 있지 못하고 정말 쉴 새 없이 주변을 두리번거리는 모습이 마치 호기심이 많은 개구쟁이처럼 보였다.

그보다 연상의 여자는 그래 봤자 서너 살 차이로밖에 안 보임에도 말수도 적고 행동거지가 침착해서 어른 티가 완연했다.

그런 그들, 네 사람은 처음에는 날씨를 언급하는 것으로 말을 시작해서 차향이 좋다느니, 주변 경치가 어떻다느니 하는 별일도 아닌 것을 가지고 연신 웃음을 터트리는 대화를 이어 나갔다.

물론 주로 대화를 주도하며 웃고 떠드는 것은 두 사람, 적의 사내와 어린 소녀였지만 말이다.

그러다가 어느 한순간 대화의 흐름이 황궁과 무림의 얘기로 넘어갔다.

적의 사내가 얘기를 꺼냈다.

"그나저나, 황태손 즉위식이 끝나면 대대적인 행정 개편이

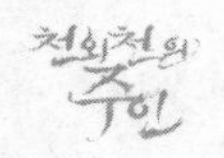

벌어질 거라고 하오. 우리 가문에서는 벌써부터 그 때문에 난리도 아닌데, 남궁가의 분위기는 어떻소, 남궁 소저?"

질문을 받은 연상의 여자보다 설무백이 먼저 반응하며 석자문에게 시선을 주었다.

석자문이 씩 웃으며 속삭였다.

"남궁유아의 동생인 남궁유화(南宮儒花)입니다. 평소 어지간한 사내보다도 더 과묵한 성격이라 석지화(石之花)이라는 별호를 가진 남궁세가의 차녀지요."

"질문한 사내는?"

"진필(眞筆) 모용초(慕容肖)입니다. 무림과 달리 관부에서는 남궁세가보다도 더 강남의 명문으로 통하는 세도가인 모용세가(慕容世家)의 핏줄로, 현 가주인 모용상린(慕容常鱗)의 손자인데, 야심이 아주 가득한 자라 말이 참 많지요."

설무백은 내심 모용초가 바로 석자문이 말하는 보석임을 인지하며 물었다.

"다른 친구들은?"

"맞은편의 어린 소녀는 모용초의 다섯 살 터울 동생인 모용자란(慕容紫蘭)이고, 옆에 앉은 묵직한 사내는 광동진가의 차남인 무영수(無影手) 진중룡(陳中龍)입니다."

설무백은 절로 고개를 끄덕였다.

이제 보니 하나같이 날고 기는 가문의 자제들이었다.

그들이 들어선 이후 주변의 귀공자들이 알게 모르게 그들을 힐끔거리는 이유를 이제야 알 수 있었다.

그때 남궁 소저라고 불린 연상의 여자와 남궁세가의 차녀인 남궁유화가 그 순간에 입을 열어서 모용초의 말을 받았다.

"글쎄요. 저는 언니와 달리 가문의 일에는 신경을 쓰지 않아서 잘 모르겠네요."

어떻게 들어도 그런 쪽으로는 관심이 없으니 더 이상 묻지 말라는 소리 같았다.

하지만 모용초는 눈치가 없는 건지 아니면 알고도 일부러 그러는 건지 더욱 노골적으로 파고들었다.

"남궁 소저가 언니와 달리 가문의 일에는 관심을 두지 않는다는 얘기는 들었소. 하지만 명색이 가문의 일인데, 정말 남의 일처럼 완전히 외면할 리는 없지 않소. 남궁가의 기밀을 캐자는 것이 아니라 그저 본가와 다른 무가(武家)에서는 이번 사태를 어찌 보는지 궁금해서 이러는 것이니, 부디 사양치 말고 말해 보시오."

대놓고 뻔뻔스럽게 나오니 오히려 기분 나쁘지 않은 넉살로 보이기도 했다.

그러나 남궁유화는 철통같았다.

그렇다면 대답은 해 주겠다는 식으로 입을 열긴 했으나, 그 입에서 나온 대답은 냉담하기 짝이 없었다.

"모용 공자의 말대로 본가는 강호의 무가예요. 강호의 무

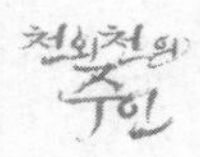

가가 불가침의 영역인 황궁의 변화에 동요를 보인다는 것은 도의에 어긋나는 일이기 이전에 수치예요."

모용초가 말꼬리를 잡았다.

"하지만 강호 무림도 어차피 황제폐하의 하늘 아래 존재하는 것이오. 이는……!"

"그걸 부정하자는 것이 아니에요."

남궁유화가 냉정하게 잘라 말했다.

"또한 도의에 어긋나는 일이고, 수치스러운 일이기 때문에 전혀 관심을 두지 않고 있다는 얘기도 아니고요. 세상에 그런 성인군자는 없죠. 저는 다만 그렇기에 본가는 관심을 두지 않으려고 노력한다는 얘기에요. 물론 이조차 저의 시각일 뿐, 진짜 그런지는 알 수 없겠지만요. 그러니……!"

그녀가 한결 매서워진 눈초리로 모용초를 직시하며 강한 어조로 말을 덧붙였다.

"모용 공자께서도 그래 주세요. 강호의 무가가 아닌 세도가의 핏줄답게 행여 라도 강호의 동향에는 신경 쓰지 마세요. 그게 힘들면 본가의 사람들처럼 안 그러는 척 노력이라도 하세요. 차라리 그게 보기 좋아요."

모용초가 적잖게 당황한 표정으로 안색을 붉혔다.

맞은편에 앉은 그의 여동생, 모용자란이 그 모습을 보고 키득키득 웃었다.

"우리 오빠, 대범한 척하려다가 제대로 한 방 맞았네. 그러게 내가 뭐랬어? 진짜 대범해야지 대범한 척하는 것으로는 언니한테 안 통한다고 했지? 킥킥……!"

모용초가 붉게 달아오른 얼굴로 헛기침을 은근슬쩍 모용자란에게 눈총을 주었다.

모용자란이 그에 아랑곳하지 않고 자신의 어깨로 옆에 앉은 남궁유화의 어깨를 툭툭 건드리며 계속 말했다.

"언니가 이해해. 사내들이 원래 다 저래. 잘 보이고 싶은 상대 앞에서는 저리 되지도 않는 수작을 막 부리고 그래."

모용초가 자못 사납게 모용자란을 노려보았다.

"자란, 너……!"

모용자란이 딴청을 부렸다.

남궁유화가 그런 그녀의 태도와 상관없이 고개를 갸웃거리며 모용초를 향해 물었다.

"저에게 잘 보이고 싶은가요?"

모용초가 너무나도 단도직입적인 그녀의 질문에 오히려 정신이 돌아온 듯 혹은 용기를 낸 듯 새삼 안색을 굳히며 대답했다.

"그렇소."

남궁유화가 거듭 물었다.

"왜죠?"

모용초가 이미 내딛은 길이라는 듯 작심한 얼굴로 주저하지 않고 대답했다.

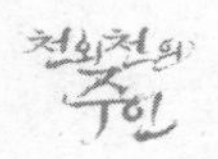

"남궁 소저가 마음에 들기 때문이오."

남궁유화가 예상하고 있던 대답이라는 듯 심드렁한 표정으로 반문했다.

"제가 아니라 남궁세가가 마음에 드는 것 아닌가요?"

모용초가 한 방 맞은 표정으로 변했다.

"아니, 무슨 그런 말을……?"

"대범한 척만 하지 마시고, 솔직해지세요."

남궁유화가 매섭게 말을 자르자, 모용초가 더는 말을 잇지 못하고 굳어졌다.

남궁유화가 그에 아랑곳하지 지극히 사무적인 어조로 계속 말했다.

"모용세가의 가주이신 모용상린 어른께서는 무려 다섯 명의 처첩을 통해서……!"

"소저!"

모용초가 사뭇 단호한 어조로 그녀의 말문을 막으려 했으나, 그녀의 입은 막히지 않았다.

"……슬하에 일곱 명의 아들과 아홉 명의 따님을 두셨고, 그분들을 통해서 얻으신 손자손녀, 외손자외손녀가 물경 일백 명을 넘겼지요. 모용 공자님의 부친께선 차남임에도 불구하고 소가주로서 다음 대 가주로 내정되어 있기는 하지만, 모용 공자님은 상황이 아주 다르죠. 무려 백 명이 넘는 경쟁자들이 있으니까요."

그녀는 한층 더 날카롭게 변한 눈초리로 모용초를 직시하며 재우쳐 물었다.

"그래서 아닌가요? 내가 아니라 남궁세가라는 든든한 처가가 필요해서?"

모용초가 선뜻 대답하지 못하고 굳어졌다.

지금 그는 완벽하게 폐부를 찔린 표정이었다.

그렇다.

모든 것이 그녀의 지적대로였다.

그의 아버지는 이미 소가주로 내정되어 있으니 언제고 가주의 지위를 물려받을 테지만, 그는 사정이 달랐다.

다행히 서열 일순위인 그의 형은 방탕한 사람이라 이미 가주이신 할아버지와 아버지의 눈 밖에 나 있었다.

그렇지만 그녀의 말마따나 그에게는 같은 항렬의 형제들이 무려 백여 명이나 되었고, 이는 경쟁자가 백여 명이 넘는다는 것과 다르지 않았다.

그래서 그는 실적이 필요했다.

같은 항렬의 형제들과 비교해서 자신이 뛰어나다는 것을 증명해야 했다.

형제들을 누를 자신이 없어서가 아니라 보다 확실한 눈도장을 찍기 위해서였다.

그리고 그것은 남궁세가를 처가로 두는 것으로 충분히 해결될 수 있었다.

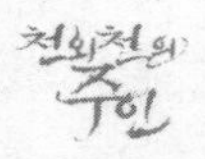

가문의 모두가 그를 인정할 터였다.

무림 팔대 세가의 하나인 남궁세가를 처가로 둔다면 천군만마를 얻은 것과 다름없기 때문이다.

그런데 그런 자신의 속내가 적나라하게 드러났다.

비록 그가 인정한 것은 아니나 남궁유화는 이미 그렇게 확신하고 있는 모습이었다.

그러나 모용초도 그리 호락호락한 사람이 아니었다.

그는 늘 최선의 상황을 기대하지만 최악의 상황도 대비하는 사람이었다.

그리고 지금 이 상황은 그가 상정해 놓은 최악의 상황에 들어 있었다.

"그게 나쁜 거요?"

모용초는 사뭇 거드름을 피듯 당당하게 말문을 열었다.

"나는 사내요. 사내가 그 정도 야망을 가지는 것이 잘못이오? 아니, 그전에 사내가 처가 덕을 보면 안 되는 거요?"

남궁유화가 미간을 찌푸렸다.

다른 사람의 눈에는 그녀의 변화가 거북함으로 느껴졌으나, 모용초의 눈에는 당황스러움으로 보였고, 그건 그가 바라마지 않는 반응이었다.

그는 쐐기를 박듯 말을 덧붙였다.

"이건 장수가 마음에 들고 손에 들어맞는 보검을 얻어서 보다 더 강해지는 것과 같은 거요. 누가 뭐래도 남궁 소저와 남궁가를 따로 생각할 수는 없는 일이고, 나는 그저 그런 남궁 소저가 마음에 드는 것뿐이오. 이런 내가 틀렸소?"

남궁유화가 매정하게 대꾸했다.

"틀렸어요."

자신만만, 기세등등하던 모용초가 말도 안 된다는 듯 따지고 들었다.

"대체 뭐가 틀렸다는 거요?"

남궁유화가 냉담한 미소를 지으며 대답했다.

"뻔뻔함을 가장한 그 용기가 가상해서 솔직하게 말해 주죠. 모용 공자는 만에 하나, 아니 천만에 하나 나를 얻어도 절대 남궁세가의 힘은 얻지 못해요. 남궁세가의 전력은 이미 오래전부터 언니에게 집중되어 있고, 그건 절대 변하지 않으니까요."

모용초가 분함을 참지 못하고 불쾌한 기색을 드러내며 그녀의 말꼬리를 잡았다.

"이미 말했다시피 그런 건 중요하지 않소! 나는……!"

"그리고!"

남궁유화가 대뜸 말을 자르며 어디까지나 냉담한 미소를 입가에 머금은 채 말했다.

"이게 가장 중요한 건데, 나는 사람이지 보검 따위가 아니에요. 즉, 머리로 생각을 하죠. 모용 공자는 내 눈에 차는 사람이 아니니, 그만 꿈 깨요."

모용초의 얼굴이 붉으락푸르락 거리다 못해 썩은 고기처럼 거무데데하게 변해 갔다.

그게 분노든 수치든 간에 당장이라도 폭발해서 무언가 사단이 벌어질 것 같은 순간이었다.

그때 어디선가 들려온 한줄기의 피리소리가 장내를 가로질렀다.

삼절가인이라는 예기 하화의 등장이었다.

처음에는 그저 '삑'하고 귀에 거슬리는 소리 하나가 장내를 가로질렀다.

마치 장내의 모든 사람에게 이제 그만 하던 일을 멈추고 내게 주목하라고 외치는 것 같았다.

그리고 실제로 주위가 환기되었다.

장내의 모든 사람들이 그림처럼 정지했다.

시간의 흐름이 멈춘 것 같은 그 시점을 타고 들릴 듯 말 듯 가늘게 흘러드는 피리소리의 선율이 있었다.

장내의 모두가 흡사 잠에서 깨어나듯 그 선율에 도취된 사이, 그 선율이 서서히 진해지고 높아지며 지상과 연결된 계단을 통해서 한 사람이 누각으로 올라섰다.

반짝이는 황금 비녀로 쪽을 진 머리에 붉은 단삼과 푸른 치마를 걸친 성장(盛裝)차림의 여인, 짧은 단소를 입가에 머금은 삼절가인 하화였다.

허리를 조인 은빛 요대(腰帶)와 배자(褙子)가 화려함을 누르는 듯 차갑게 빛나는 가운데, 선녀의 날개옷에서 따온 듯한 백색의 하피(霞帔)가 날아갈 듯 하늘거리며 매우 몽환적인 분위기를 연출하고 있었다.

사전에 정해진 듯 객청의 내부와 객청 밖의 기와에 줄줄이 널린 오색 등불이 빛을 더하며 그녀를 비추고 있어서 더욱 환상적인 분위기였다.

그리고 그 중심에 그녀의 미모가 있었다.

그녀는 과연 소문대로 절색의 미인이었다.

작다할 정도로 아담한 체구지만, 아미(蛾眉)라는 말이 어울리는 그린 듯한 눈썹에 갸름하게 동그란 두 눈, 균형 잡힌 코와 작약처럼 작고 붉은 입술이 빚어낸 절묘한 조화가 거기 있었다.

마치 진흙탕에 피어난 연꽃처럼 도도하면서도 정숙한 느낌으로 인해 주변의 모든 것이 누추해 보일 정도의 미색의 여인이었다.

장내의 모두가 그 미색에 빠져서 넋을 놓았고, 그녀는 그 사이 미끄러지듯 스르르 장내를 가로질렀다.

누각의 한편에는 서너 개의 탁자를 대신해서 놓인 아담한 단상 하나가 있었다.

거기가 그녀의 자리였다.

그녀는 그 자리에 앉으려고 이동하는 동안에도 연주를 끊지 않았다.

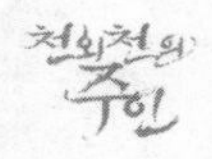

장내의 사람들은 그녀의 미색과 그녀의 단소가 흘리는 음률에 도취되어 정말 죽은 듯이 숨을 죽이고 그저 이목으로만 그녀를 따라가고 있었다.

물론 장내의 모든 사람들이 그런 것은 아니었다.

너무 심취된 나머지 완전히 넋을 놓은 사람도 있는 반면에 의식적이든 아니든 여전히 냉정함을 유지하는 사람들도 있었다.

당연하게도 설무백은 그중 후자에 속했다.

그는 냉정하고 냉철하게 그녀의 일거수일투족을 바라보았고, 삼엄한 기색으로 그녀의 뒤를 따르는 일단의 백의 사내들도 유심히 살펴보았다.

'호위들인 것 같은데……?'

호의들이라고 보기에는 필요 이상으로 비범한 기도가 느껴지는 사내들이었다.

그는 물었다.

석자문의 귀에만 들어가는 목소리였다.

"누구지?"

석자문이 속삭임으로 대답했다.

그 역시 하화의 미색과 음률에 홀리지 않은 채 정신을 차리고 있었다.

"호화단(護花團)입니다. 하화의 미모에 반한 사내들이 그녀를 지켜 주겠다며 자발적으로 조직한 단체지요."

즉시 대답한 석자문은 아무래도 설명이 부족하다고 생각했는지 곧바로 부연했다.

“고작 미색에 홀려서 나선 자들이 어련하겠느냐 하실 수도 있을 테지만, 아닙니다. 의외로 저들 중의 상당수가 강호 무림에서 내로라하는 절정 고수라 절대 무시할 수 없는 세력입니다. 호화단주가 바로 정사지간의 고수를 대표하는 이십팔숙의 하나인 혈금마번(血琴魔幡) 순우황(淳于愰)이니 말 다 했죠.”

설무백은 묵묵히 고개를 끄덕였다.

이십팔숙의 하나인 혈금마번 순우황에 대해서는 그도 아는 것이 적지 않았다.

직접 만나 본 적은 없지만 이십팔숙의 수위를 다투는 한 사람이라는 소문은 익히 들어서 잘 알고 있었다.

어떤 사연, 무슨 내막이 있는지는 몰라도, 그런 인물이 수뇌라니 석자문의 말마따나 고작 여자의 미색에 홀려서 움직이는 자들이라고 무시할 것이 전혀 아니었다.

석자문이 잠시 생각에 잠긴 설무백을 유심히 보다가 어색한 미소를 흘리며 말했다.

“이 얘기를 들으면 다들 ‘순우황 같은 인물이 일개 기녀를?’이라는 의혹을 가지는 것이 보통인데, 주군께서는 전혀 안 그러시네요. 왜죠?”

설무백은 별 시답지 않은 소리를 다 듣겠다는 식으로 대꾸했다.

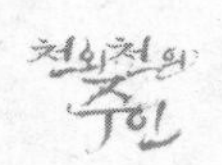

"백인백색(百人百色)이라는 말도 몰라? 저마다 다 다른 성격을 가지고 태어난 사람들이 무엇을 믿고, 어떤 것을 따르든 무슨 상관이라고 의혹씩이나 가지고 그래? 누굴 믿고 따르는 데 남녀구별을 해야 한다는 거야 뭐야?"

석자문은 찔끔하며 조개처럼 입을 다물었다.

정통으로 한 방 맞은 것 같아서 뭐라고 대꾸할 말도 떠오르지 않았다.

설무백의 말처럼 생각해 본 적이 한 번도 없어서 그랬다.

말이 쉽지, 그런 식으로 생각하고 판단하는 사람이 작금의 세상에 얼마나 있을까?

거의 없을 것이다.

작금의 세상에는 엄연히 남자는 높고 귀하며, 여자는 낮고 천하다는 남존여비(男尊女卑) 사상이 존재하기 때문이다.

강호 무림의 경우는 상대적으로 개방적이라 조금 덜하긴 했지만, 그다지 차이는 크지 않았다.

강호 무림에도 엄연히 남자의 권리나 지위를 여자보다 높이 둔 채 여자를 업신여기는 풍조가 만연해 있었다.

정작 여자 또한 그러한 사상을, 이른 바 문화적 관행과 사회적 통념을 당연시 여기는 경우가 흔했다.

선입견만큼 무서운 관념도 없는데, 과연 그 속에서 배우고 익히며 자란 사람이 그와 같은 차별을 무시할 수 있다는 것이 진정 쉬운 일일까?

절대 쉽지 않았다.

석자문은 그 때문에 새삼스러운 눈초리로 설무백을 바라볼 수밖에 없었다.

진정 이 사람은, 자신보다 배는 더 적은 나이가 분명한 나의 이 어린 주군은, 대체 무슨 생각을 가지고 어떤 인생을 살아왔기에 이럴 수 있을까?

어떻게 매번 모든 상황을 이처럼 쉽게 간단하게 풀어 낼 수 있는 것일까?

감탄, 그리고 존경심이 절로 일어났다.

'이분과 함께라면……!'

석자문이 본의 아니게 찾아든 색다른 감정에 휩싸여서 마음을 다잡을 때였다.

하화의 연주가, 잔잔하던 단소의 음률이 급변했다.

누각으로 올라와서 단상에 자리를 잡기까지 그녀의 단소가 내는 음률은 그저 서정적으로, 바람처럼 부드러우면서도 솜사탕처럼 달콤하게 느껴져서 사람의 마음을 차분하게 만들어 주는 것이 다였다.

폭발하기 직전이던 모용추의 감정이 슬며시 누그러진 것은 바로 그녀의 등장으로 인한 장내의 분위기에 앞서 그와 같은 단소의 음률이 막대한 영향을 끼쳤을 것이다.

그런데 그러던 단소의 음률이 그녀가 단상의 의자에 자리를 잡고 앉기 무섭게 나락으로 떨어지는 듯 급격히 낮아지

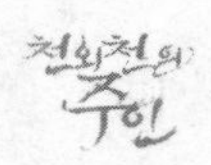

며 간드러지게 굽이쳐서 흐르다가 이내 구슬프게 울기 시작했다.

추적추적 가랑비 내리는 폐가의 지붕을 더욱더 애달프게 만드는 야조(夜鳥)의 울음처럼, 구름 한 점 없이 차갑게 흐르는 달빛이 서러워서 못내 눈물짓는 어린 소녀의 흐느낌처럼, 단소의 선율이 처량하고 구슬프게 이어지며 장내와, 그 장내에 자리한 모든 사람의 가슴을 애절하게 감싸고 있었다.

마치 누군가의 혹은 자신의 한 맺힌 삶을 피리의 선율에 담아 풀어내는 것 같았다.

그간의 고통과 상심, 서러운 마음을 털어 내려는 한 마리 새의 구슬픈 날갯짓으로 느껴졌다.

'대단하다!'

설무백은 절로 감탄했다.

하화는 고작 오래된 황죽(黃竹)으로 만들어진 단소의 선율 하나로 장내를 지배하고 있었다.

그녀가 만드는 단소의 음률은 그저 아름답고 서정적이기만 할 뿐, 그 어떤 기운이나 기세가 담겨 있지 않았으나, 장내에 있는 모든 사람들의 심금을 울리며 넋을 놓게 만들어 버리는 위력을 가지고 있었다.

그러던 어느 한순간, 그녀의 단소가 울음을 그쳤고, 사람들이 깨어났다.

"하……!"

사방에서 탄식이 터졌다.

다들 깨어나기 싫은 꿈에서 깨어나는 것처럼 아쉬움에 젖은 모습이었다.

하화의 음악이 이미 그녀 자신의 미모를 넘어섰다는 방증이었다.

그때였다.

짝짝짝!

"이것이 바로 예기 하화가 자랑하는 희로애락(喜怒哀樂)의 선율 중 애(哀)로구나."

박수소리와 함께 낭랑한 목소리가 장내를 가로질렀다.

동시에 기존에 없던 두 사람이 장내에 모습을 드러냈다.

설무백의 반대편에 있는 누각의 난간이었다.

젊은 흑의 사내 하나와 백발의 적의 노인 하나였는데, 젊은 사내는 난간에 쪼그리고 앉은 채로, 백발의 노인은 그 옆에 우뚝 선 모습으로, 마치 환영(幻影)처럼 보이는 홀연한 등장이었다.

장내가 웅성거리는 가운데.

짝짝짝!

젊은 사내가 새삼 박수를 치며 하화를 칭송했다.

"아주 좋아. 매우 마음에 들어. 이 정도면 충분해."

장내가 급격히 어수선해졌다.

누구 하나 선뜻 나서는 사람은 없었으나, 호화단의 사내들이 기민하게 하화의 앞으로 나서서 경계하는 가운데, 좌중 모두의 눈빛이 예사롭지 않게 빛났다.

어디까지나 침착한 하화나, 적잖게 긴장한 호화단의 사내들을 제외하면 좌중의 모두가 무언가 사달이 일어나기를 기대하는 눈빛들이었다.

느닷없이 나타난 자를 주시하며 주변의 반응을 확인한 설무백은 슬쩍 석자문을 향해 물었다.

"이런 일이 자주 있나?"

석자문이 기다렸다는 듯 대답했다.

"어디에서나 튀고 싶어 하는 놈들이 있지요. 다반사로 일어나는 일입니다. 한데……!"

설무백과 마찬가지로 반대쪽 난간에 나타난 자들을 살피며 대답하던 석자문의 안색이 급격히 일그러졌다.

"오늘은 상황도, 상대도 좋지 않네요."

그는 나타난 자들과 좌중, 그리고 하화를 보호하는 호화단의 사내들을 훑어보며 빠르게 설명했다.

"귀수공자(鬼手公子) 담각(談刻)과 혈전귀조(血電鬼爪) 소사(蘇邪)입니다."

설무백은 석자문의 설명과 상관없이 이미 알고 있는 사실이었다.

귀수공자 담각은 강남칠패의 하나인 신마루의 주인이자,

무림사마의 하나인 혈목사마 담황의 두 아들 중 둘째이고, 혈전귀조 소사는 신마루의 요인들이기 이전에 담황과 피를 나눠 마신 의형제들로 알려진 적포구마성(赤佈九魔聖) 중에 둘째다.

"좀처럼 하화의 곁을 떠나지 않는 호화단주 순우황이 오늘은 보이지 않습니다. 이는 그가 피치 못할 사정으로 자리를 비웠다는 뜻인데, 이때 하필이면 저들이 나타나서 시비를 걸다니, 아무래도 정의지사가 나서지 않는 한 저들, 호화단만으로는 사달을 피할 수 없겠습니다."

석자문이 말하는 정의지사가 누군지는 굳이 설명할 필요도 없었다.

설무백을 쳐다보는 그의 의미심장한 눈빛이 모든 것을 말해 주고 있었다.

그리고 작금의 상황을 떠나서, 석자문은 혈목사마 담황이 그에게 불공대천지수와 다름없다는 사실을 익히 잘 알고 있는 것이다.

그러나 설무백은 굳이 나서지 않았다.

당연하게도 그는 작금의 상황과 무관하게 담황이 이끄는 신마루의 무리를 용납할 생각이 전혀 없었으나, 적어도 그게 지금은 아니라는 생각이었다.

이유 여하를 막론하고 그는 아비의 죄과를 자식에게 받고 싶지 않았다.

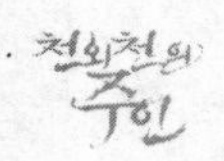

지금 장내에 하화의 위기를 도와줄 사람이 없다면 모를까, 지금 장내에는 굳이 그가 나서지 않아도 하화를 도와줄 수 있는 사람이 적지 않았다.

그때 하화가 호화단 사내들의 앞으로 나서며 담각을 향해 다소곳이 공수였다.

"소녀의 가락이 공자님의 마음에 드신다니 다행이네요. 그 칭찬은 감사하게 받겠어요. 한데, 충분하다니요? 대체 무엇이 충분하다는 말씀이시죠?"

담각이 거만하게 턱을 주억거리며 대꾸했다.

"사흘 후, 본 공자의 아버님께서 생신을 맞이하신다. 해서, 무언가 특별한 선물이 없을까 고심하다가 너의 단소 연주가 일품이라는 소문을 듣고 이리 찾아왔는데, 과연 그렇구나. 그래서 충분하다는 거다."

그는 천연덕스럽게 웃으며 말을 덧붙였다.

"그 정도면 아버님께 드리는 선물로 부족함이 없으니, 어서 짐을 꾸려라. 한 닷새만 나와 함께 지내자꾸나."

삼절가인 하화는 어처구니가 없다는 표정이었으나, 정작 귀수공자 담각은 더할 말이 없다는 듯 이미 그녀를 보고 있지 않았다.

난간에 쪼그리고 앉아 있던 그는 폴짝 난간에서 뛰어내리더니, 대충 두 손을 모아서 좌중의 이곳저곳을 향해 공수하며 양해를 구했다.

"아시는 분들은 다 아시겠지만, 본인은 신마루의 담각이오. 들었다시피 본인의 사정이 그리됐으니, 오늘 이 자리는 그만 파해야겠소. 미안하지만 다들 너그럽게 이해해 주시고, 자리 좀 비켜 주길 바라오."

입으로는 미안하다고 말했지만, 그는 전혀 미안한 표정도, 태도도 아니었다.

입가의 미소는 차갑고, 눈가에 흐르는 빛은 삭막했다.

엄연한 위협이요, 겁박이었다.

직접적으로 물리적인 행동만 하지 않고 있을 뿐이지, 장내의 사람들을 개처럼 내모는 것이나 마찬가지였다.

다만 장내의 사람들도 다들 나름 한가락 하는 사람이거나, 그런 집안의 인물이었다.

그래서 이런 협박이 통할까 싶었는데, 놀랍게도 통했다.

거의 대부분의 사람들이 주변의 눈치를 보며 주섬주섬 소지품을 챙기고 일어나서 밖으로 나가기 시작했다.

후기지수들의 선두를 다툰다는 무림팔수의 하나이자, 흑도사공자의 하나인 담각은 차치하고, 감히 신마루와 척을 지고 싶은 사람은 거의 없었다.

하화는 자리를 뜨는 사람들을 만류하지 않았다.

호화단의 사내들도 잔뜩 긴장한 표정으로 묵묵히 그녀의 주변만 지키고 있었다.

담각의 표정이 장내의 변화가 그런 그녀와 태도와 상관없이 서서히 일그러졌다.

거의 대부분이라는 것은 전부 다가 아니라는 뜻이다.

거의 대부분의 사람들이 자리를 뜨려고 부산을 떠는 와중에 꼼짝도 하지 않는 사람들이 있었다.

두 무리였다.

흥미롭다는 태도로 주변을 살피는 설무백 일행과 자기들끼리 심각하게 대치한 모용초 등이 바로 그들이었다.

그들, 두 무리를 냉정하게 쓸어본 담각의 시선이 이내 모용초 등에게 고정되었다.

사실을 말하자면 담각만이 아니라 설무백도 그들의 자리를 주시하고 있었다.

그들의 분위기가 매우 흥미로웠다.

난데없이 타나난 담각이 양해를 빙자한 위협으로 좌중을 내모는 순간부터, 모용초는 수긍하며 자리를 뜨려는 행동을 보이는데 반해 남궁유화 등은 나머지 사람들은 그대로 자리를 지키고 앉아 있었다.

뻔히 드러난 모용초의 의중을 나머지 사람들이 의도적으로 무시하고 있었던 것이다.

모용초가 결국 참다못했는지 한숨을 내쉬며 말문을 열었다.

애써 자신의 감정을 억누르는 기색을 보이며 타이르듯 건네는 말이었다.

"신마루는 우리 가문이나 진 형의 가문, 그리고 남궁 소저의 가문과 마찬가지로 남맹의 혈맹이고, 주력이 되는 무림의 방파요. 우리가 굳이 여기 남아서 저들의 행사를 방해할 이유는 없소."

모용자란은 오라비의 의견이라서 달리 반대할 수도, 편을 들을 수도 없다는 듯 눈치만 보았다.

통나무처럼 투박한 몸매의 사내, 광동진가의 차남인 무영수 진중룡은 무슨 생각인지 모르게 그저 진득하게 앉은 채로 대답을 회피하고 있었다.

결국 대답에 나선 것은 남궁유화였다.

그녀는 모용초의 의견에 매우 냉담하게 반응했다.

"혈맹은 궂은일을 같이 하자고 모인 거지 방종을 눈감아 주자고 모인 것이 아니에요."

모용초가 그녀의 한 수 가르쳐 준다는 식의 말투에 완전히 기분이 상해 버린 듯 인상을 쓰며 항변했다.

"방종이 아니오. 내가 보장하는데, 저기 저 담 형의 말대로 사흘 후가 신마루주이신 담황 어른의 생신이 확실하오."

"그래서요?"

"그래서라니요? 그러니까 이는……!"

"자식이 아비의 생일 선물을 구하는 거니까 방종이 아니다?"

"……!"

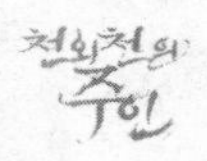

남궁유화가 뭐가 잘못됐냐는 듯이 바라보는 모용초를 향해 갑자기 웃으며 고개를 끄덕였다.

"이제야 알겠네요. 평소 야망이 없는 사내는 사내도 아니라고 생각하던 내가 왜 오늘은 별다른 이유도 없이 그리도 모용 공자가 싫었는지 말이에요. 바로 이거였어요."

그녀는 힘주어 부연했다.

"말만 번지르르하고, 늘 무언가에 의지하려고만 할 뿐, 앞장서는 사내가 아니라고 봤던 거예요, 모용 공자를. 문재(文才)니 무재(武才)니를 떠나서 자기만의 틀에 박힌 속이 좁은 사람이라고, 한마디로 편협하다고 봤던 거죠."

모용초가 화를 냈다.

"남궁 소저!"

"근데, 그거 알아요?"

남궁유화가 태연하게 그의 분노를 외면하며 질문하고는 이내 냉담하게 자신이 던진 질문에 스스로 답했다.

"제아무리 편협한 사람이라도 현실에서 눈을 돌리지는 말아야 해요. 현실에서 눈을 돌리는 사람에게 내일은 없으니까. 있다면 주구장창 쭈그리고 앉아서 고개를 숙여야 하는 내일만이 있을 뿐이니까."

모용초가 분노를 더하며 발끈했다.

"아니, 이게 무슨 방말……! 아무리 소저라도 이거 너무 심한 거 아니오!"

"그게 아니라면 증명할 기회를 주죠."

남궁유화가 냉정하게 잘라 말했다.

"추접하게 자신이 가진 힘만 믿고 다른 사람을 자기 물건처럼 주무르려는 저 인간에게 쓴 맛 좀 보여 줘요. 그럼 제 생각이 바뀔 수도 있어요. 아니, 어쩌면 모용 소협에게 반할지도 모르죠. 대신!"

그녀는 싸늘해져서 말을 끝맺었다.

"그럴 수 없다면 그냥 조용히 이 자리에서 사라져요. 괜히 옹졸한 겁쟁이라는 소리까지 듣지 말고!"

모용초가 벌떡 일어나서 남궁유화를 노려보며 부르르 진저리를 쳤다.

심중의 분노가 머리꼭대기까지 치솟은 듯 얼굴이 시뻘겋게 달아오른 그의 눈에서는 새파란 살기마저 감돌았다.

당연한 반응일지도 몰랐다.

남궁유화의 목소리는 그다지 작지 않아서 장내에 남은 사람들 대부분이 들었다.

그중에는 당사자인 담각도 포함되어 있었다.

그는 담각을 비롯한 다른 사람들 앞에서 일개 아녀자에게 수모를 당했고, 또한 그들 모두가 흥미로운 눈초리로 그의 다음 행동을 기대하고 있었다.

이대로 참고 넘길 수도 없고, 참지 않고 넘길 수도 없는 상황에 몰려 버린 것이다.

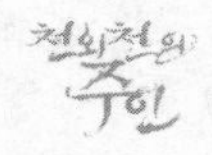

그러나 모용초는 끝내 그 누구에게도 자신의 분노를 터트리지 않았다.

그는 애써 웃으며 말했다.

"남궁 소저가 무슨 말을 해도 본인은 같은 배에 타고 있는 동료에게 칼을 겨눌 수 없소."

고집스러운 태도로 대답한 그는 이내 냉정한 시선을 담각에게 돌리며 공수했다.

"담 형도 들었겠지만, 상황이 이러니 본인은 이제 그만 이 자리에서 빠지거니와, 모쪼록 다치는 사람 없이 잘 처리하길 부탁하겠소, 담 형."

담각이 기꺼운 표정으로 마주 공수하며 대답했다.

"여부가 있겠소, 모용 형. 고맙소. 오늘 모용 형의 양보는 내 결코 잊지 않고 기억하겠소."

모용초가 거듭 공수하고 돌아서서 더 이상 아무런 미련이 없다는 듯 휘적휘적 장내를 빠져나갔다.

담각이 잠시 그 모습을 쳐다보다가 이내 같잖은 언행이 눈에 거슬려서 불쾌하다는 듯 픽 웃었다.

"병신, 끝까지 있어 보이려고 애 쓰기는……!"

나직한 혼잣말이었으나, 장내에 남은 사람들이 듣지 못할 정도로 낮은 목소리는 않았다.

장내에 남은 사람들은 다들 그 정도는 능히 들을 수 있는 고수들이었다.

모용초의 동생인 모용자란이 벌떡 일어나서 도끼눈을 뜨고 담각을 쏘아보았다.

담각이 그녀의 시선을 마주하며 능글맞게 웃었다.

모용자란이 냉랭하게 코웃음을 치며 그를 외면하고는 옆에 앉아 있는 남궁유화를 향해 차갑게 말했다.

"역시 사람은 같은 것도 주어진 상황에 따라 다르게 느껴지네요. 늘 매사에 거침없이 당당하고 직설적인 언니의 태도를 존경하고 선망했는데, 오늘은 상대가 핏줄이라고 그럴 수가 없으니 말이에요. 미안해요."

남궁유화가 고개를 저었다.

"네가 사과할 일이 아니야. 내가 모난 것뿐이니까."

"아니, 그거 말고. 오늘 자리요."

모용자란이 싱긋 웃으며 부연했다.

"오라버니의 부탁으로 내가 주선한 자리였어요. 설마 우리 오라비가 이 정도밖에 안 되는 깜냥인지 몰랐거든요. 그거 미안하다고요."

남궁유화가 그녀 특유의 무심함으로 그녀를 쳐다보며 대답했다.

"나도 그거 얘기한 거야."

"역시……!"

모용자란이 웃는 낯으로 엄지손가락을 치켜세웠다.

그리고 다시 자리에 앉았다.

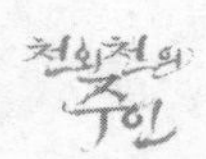

남궁유화가 물었다.

"안 가 봐도 되겠어?"

모용자란이 쓰게 입맛을 다시며 팔짱을 꼈다.

"여기서 나까지 빠지면 정말 이건 가문의 개망신이에요. 게다가……."

그녀가 눈을 빛내며 말을 이었다.

"돌아가는 상황을 정확히 봐둬야 나중에 오라비를 추궁할 수 있을 테니, 그냥은 절대 못 가지요."

남궁유화가 어련하겠냐는 듯 한숨을 내쉬며 어깨를 으쓱했다.

그때 그녀들을 지켜보고 있던 담각이 더는 기다리기 지루하다는 듯 하품을 하며 나섰다.

"결국 남궁 소저께서는 본인의 일을 방해하는 쪽으로 마음을 굳히신 것 같은데, 정말 그렇소?"

남궁유화가 여인답지 않게 귀를 후빈 손가락을 훅 불고 나서 그 손가락으로 하화 등을 가리키며 대꾸했다.

"순서가 틀렸어요. 지금 담 소협이 먼저 상대해야 할 사람은 내가 아니라 저기 저쪽, 예기 하화를 지키고 있는 호화단의 사내들 아닌가요?"

담각이 슬쩍 고개를 돌려서 하화를 호위하고 있는 호화단의 사내들을 쓸어보았다.

그리고 귀찮다는 듯이 말했다.

"처리해."

말이 끝나기도 전에 담각의 뒤에 시립해 있던 혈전귀조 소사의 신형이 사라졌다.

순간적으로 튀어나오는 속도가 하도 빨라서 자리에서 그대로 사라지는 것처럼 보이는 것이었다.

말 그대로 전광석화(電光石火)와 같은 움직임. 아쉽게도 하화를 경호하고 있던 호화단의 여덟 사내는 미처 대비하지 못했다.

"크악!"

"으악!"

반사적으로 먼저 나서던 호화단의 두 사내가 목이 절반이나 갈라져서 머리가 덜렁거리는 모습으로 쓰러졌다.

허공에 뿌려진 핏물이 미처 바닥으로 떨어지기도 전에 그들의 곁을 지나간 소사의 두 손이 붉은 기운을 토해 냈다.

깡마른 그의 손가락에서 갈고리처럼 길게 늘어진 손톱이 뿜어내는 그 기세가 선과 원을 그리며 남은 호화단 사내들의 손목을 자르고, 가슴을 찌르고, 목을 베었다.

취리리릭-!

섬뜩한 소음과 동시에 수십 개의 붉은 섬광이 한순간에 명멸했다.

그 뒤로 호화단의 남은 여섯 사내가 수중의 칼을 뻗어 내고 휘두르는 자세 그대로 그림처럼 굳어졌고, 이내 속절없이

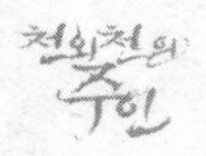

전신 이곳저곳에서 붉은 핏물을 뿜어내며 고꾸라졌다.

그들의 곁을 스친 붉은 그림자, 소사가 이미 담각의 곁으로 돌아가서 무슨 일이 있었냐는 듯 다소곳이 시립한 다음에 벌어진 일이었다.

투둑! 털썩—!

담각이 뒤늦게 몸에서 분리된 호화단 사내들의 팔과 머리를 심드렁하게 둘러보았다.

그리고 이내 고개를 들어서 하화를 향해 하얗게 웃으며 말했다.

"혹시나 해서 미리 말해 주는데, 호화단의 다른 애들도 기대하지 마. 그쪽도 이미 손을 써 놨으니까."

하화가 분노한 기색으로 지그시 입술을 깨물며 담각을 노려보았다.

담각이 태연하게 그런 그녀를 외면하고 남궁유화에게 시선을 돌리며 히죽 웃었다.

"됐소?"

남궁유화가 대답 대신 싸늘해진 눈빛으로 바닥에 널브러진 시체들을 둘러보았다.

서슴없이 자행된 살인을 보고 극도의 분노가 치솟은 모습으로 보였다.

담각이 그걸 느끼지 못한 건지 아니면 그냥 그런 건 안중에도 없다는 건지 활짝 웃는 낯으로 비아냥거렸다.

"아까는 참 멋집디다. 소신과 패기의 여장부. 언니를 따라 한 거요? 하지만 능력이 받쳐 주지 않는 소신과 패기는 천둥벌거숭이의 객기일 뿐이오. 아니 그렇소?"

비웃음이었고, 조롱이었다.

싸늘해진 눈초리로 장내의 주검을 둘러보는 그녀의 모습을 그는 극도의 분노로 본 설무백과 달리 두려움의 망설임으로 치부했던 것이다.

'자, 어디 보자. 순간적인 돌격이냐, 아니면 냉담한 대꾸로 한 번 더 상대의 간을 볼 거냐. 그도 아니면 추상같은 호통으로 상대를 도발해서 반격?'

설무백은 절로 흥미진진해져서 내심 손바닥을 비볐다.

그러나 남궁유화는 그가 예상한 그 어떤 방법도 선택하지 않았다.

우습지도 않게 그녀는 갑자기 화살을 그에게, 바로 설무백에게 돌렸다.

"어때요? 절세미인이 저리 불안에 떨고 있는데, 어디 한번 나서 볼 생각 없어요?"

설무백에게 하는 말이었다.

장내를 한 바퀴 둘러본 그녀의 시선은 정확히 설무백에게 고정되어 있었다.

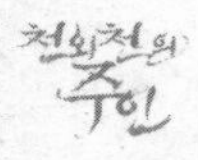

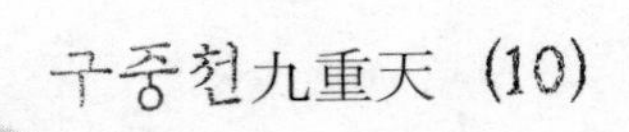
구중천九重天 (10)

설무백은 갑자기 자신을 향해 말하는 남궁유화를 보지 못했다. 동료들과 다른 얘기를 하느라 뒤늦게 보았다.

그래서 남궁유화와 시선을 마주치고도 그녀가 자신을 지칭한 것이라고는 생각하지 않았다.

전생에서도 인연이 없던 그녀가 자신에게 그런 얘기를 할 리 없다고 생각했기 때문이다.

그런데 그녀는 분명 그에게 말을 건네고 있었다.

그리고 그녀를 비롯한 장내의 모두가 그를 보고 있었다.

특히 동석한 석자문은 황당하기 짝이 없다는 투로 그를 향해 투덜거렸다.

"너무하시네요. 다 알고 있었으면서 저에게는 모른 척하시다니, 이러기 있습니까?"

설무백은 석자문에게 한 번 눈을 흘겨 주고는 남궁유화를 향해 반문했다.

"나요? 지금 내게 하는 말이오?"

남궁유화가 고개를 끄덕였다.

"예, 그래요. 소협에게 한 말이에요."

설무백은 어리둥절했다.

'왜? 나를 언제 봤다고?'

그는 묻지 않을 수 없었다.

"나를 아오? 나는 처음 뵙는 것 같은데, 왜 뜬금없이 내게 그런 말을 하는 거요?"

남궁유화가 심드렁하게 대꾸했다.

"나도 소협이 누군지 몰라요. 다만 아까부터 재미나게 구경하기에 그러지 말고 내친김에 정의지사 한 번 되어 볼 의향은 없는지 물어보는 것뿐이에요."

설무백은 내심 고소를 금치 못했다.

지금 남궁유화가 말하는 정의지사라는 말은 아까 전 그와 석자문이 나눈 대화였다.

그녀는 내색을 삼간 채 내내 그들의 존재를 의식하고 있었던 것이다.

그는 특유의 미온한 미소를 지었다.

그게 사실인지 아닌지는 모르겠으나, 그는 전생에서 남궁세

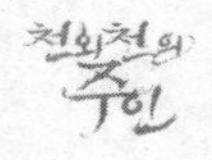

가의 차녀인 그녀, 석지화 남궁유화가 백도의 꽃이요, 철혈의 여제라고 불리는 남궁유아 못지않게 뛰어난 여고수라는 얘기를 누군가에게 들었었다.

그리고 그는 오늘 이미 그녀에게서 그게 사실임을 말해 주는 기도를 느꼈다.

따라서 그의 대답은 이미 정해져 있었다.

"싫소. 내가 나설 일이 아닌 것 같소."

남궁유화의 표정이 살짝 일그러졌다.

자신의 예상과 사뭇 다른 전개라는 것에 당황한 기색이 그녀의 얼굴에 서렸다.

그녀가 물었다.

"왜죠?"

설무백은 그들의 대화에 관심을 보이는 담각을 슬쩍 일별하며 어깨를 으쓱했다.

"쓸데없는 공명심이나 공연한 호기심 때문에 강남 사대 흑도의 하나인 신마루와 척을 지는 것은 누가 봐도 미친 짓이니까."

짝짝짝-!

담각이 박수를 치며 하하 웃었다.

"현명한 판단! 이 친구 이거 나랑 마음이 통하겠는데 그래?"

설무백은 새삼 담각을 일별하며 남궁유화를 향해 웃음을

보였다.

"……라고 말하고 싶지만, 사실은 당신이 정말 언니만큼 뛰어난 무인이라는 소문이 사실인지 궁금해서 말이오."

실망스럽다는 듯이 일그러지던 남궁유화의 얼굴이 묘하게 비틀어졌다.

그녀가 삐딱하게 설무백을 바라보며 거칠게 물었다.

"당신 누구야?"

설무백은 대수롭지 않게 손을 내밀어서 그들을 쳐다보고 있는 담각을 가리켰다.

"주객이 전도된 것 같군. '내가 누구냐'인 것보다 먼저 해결해야 할 일이 있지 않소? 자신이 저지른 일을 남에게 전가시키는 것은 매우 좋지 않은 버릇이오."

"흥!"

남궁유화가 코웃음을 치며 설무백을 외면하고는 맞은편에 앉은 진중룡에게 시선을 주며 물었다.

"어쩌실래요?"

진중룡이 무던한 표정, 심상한 태도로 대답했다.

"모든 일에는 선후가 있고, 경중이 있는 법이니, 내가 먼저 나설 생각은 전혀 없소. 다만 남궁 소저가 굳이 나선다면 돕지 않을 수 없지요."

남궁유화가 그 정도면 충분하다는 듯 자리를 털고 일어나며 담각을 향해 말했다.

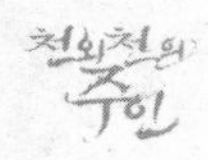

"지금이라도 조용히 물러난다면 서로 간에 불필요한 분쟁은 없을 거예요. 대신 저의 체면을 살려 주려고 후의를 베푼 것으로 알고 언제고 나중에 보답을 하도록 하지요. 어때요, 담 소협? 그래 주시겠어요?"

"서로 간에 불필요한 분쟁은 없을 거다?"

담각이 그녀의 말을 한마디 따라 하고는 히죽 웃었다.

"매서운 경고구려. 하나, 잘못 짚었소. 그런 말에 주눅이 들어서 '아. 뜨거워라' 하며 물러날 정도로 내가 그리 호락호락한 놈이 아니오. 대신 나도 경고 하나 하겠소."

능글맞게 웃던 그의 얼굴이 사뭇 싸늘한 변했다.

"남맹의 절반은 흑도고, 우리 신마루는 그 흑도의 사대세력 중 하나요. 소저의 가문이 강남의 여타 무림세가들과 더불어 남맹의 나머지 절반인 백도 세력의 주력인 것처럼 말이오. 그러니 남맹에 괜한 분란을 조장할 생각이 아니라면 지금이라도 그냥 물러나시오!"

그는 자못 살기까지 드러내며 단호하게 말을 끝맺었다.

"지금 이건 누가 봐도 소저가 나 담각의 일을 방해하는 것이니만큼, 여차하면 향후 모든 책임을 소저와 소저의 가문이 져야 한다는 것을 명심하라는 얘기요!"

남궁유화가 노골적으로 드러낸 그의 살기를 느낀 듯 미간을 찌푸렸다.

하지만 그것도 잠시, 이내 평정을 되찾은 모습인 그녀가 고개를 갸웃거리며 물었다.

"구구절절 말이 많아지는 것을 보니, 이제 와서 겁나나 봐요?"

담각이 화가 머리끝까지 치밀어 오르는 것을 억지로 억누르는 기색으로 대꾸했다.

"지금 크게 실수하는 거요."

남궁유화가 어깨를 으쓱하며 앞으로 나섰다.

허리에 차고 있던 남궁세가 특유의 철검을 뽑아서 마치 거들먹거리는 사내처럼 어깨에 턱 걸치며 그녀가 말했다.

"누가 실수하는 건지는 나중에 자연히 밝혀질 테니 그만 따지고, 어서 나서죠?"

담각의 한쪽 눈가에 파르르 경련이 일어났다.

설마 남궁유화가 정말로 나설 줄은 미처 예상하지 못했는지 매우 당황한 기색이었다.

남궁유화가 뒷골목 건달처럼 머리와 허리를 좌우로 숙이고 기울여서 몸을 풀며 다시 말했다.

"혹시 몰라서 미리 말해 두는데, 오늘 나와 싸우고 나면 다음부터는 나를 피해야 할 거예요. 내가 좀 예민한 성격이라 일단 한 번 싫어진 인간은 절대 눈앞에 두지 않거든요."

말을 끝낸 그녀는 깜빡 잊었다는 듯 재빨리 한마디 더했다.

"아, 물론 이 자리에서 내가 죽거나 담 소협이 죽으면 그런

거 저런 거 다 신경 쓸 필요 없고요."

담각이 분노가 한계를 넘어서 오히려 무덤덤하게 보이는 눈빛으로 남궁유화를 노려보았다.

손가락이 근질거리는 듯 벌써 허리의 칼자루를 움켜잡은 그의 손아귀에는 바짝 힘이 들어간 상태였다.

실제로 그는 살기에 젖어서 피가 끓고 있었다.

눈앞의 이 계집은 지금 그를 무시하고 있었다.

당장에 이 건방진 계집의 목을 베어서 그걸 후회하게 만들어 주고 싶었다.

이 계집이 그 어떤 비장의 한 수를 가지고 있던지 간에 그는 이 계집이 상상할 수 있는 이상의 실력을 가지고 있었다.

하다못해 지금 이 계집은 방만한 자세로 그저 서 있고만 있지 않는가.

그런 상상을 하며 서서히 살기를 키워 나가는 담각의 어깨를 누군가 덥석 잡았다.

장승처럼 그의 곁에 서 있던 적포구마성의 둘째, 혈전귀조 소사였다.

그 소사가 나직이 속삭였다.

"물러나시죠."

담각은 분한 마음에 어금니를 악물었다.

소사가 그의 마음을 읽은 듯 재빨리 다시 말했다.

"여기까지입니다. 진가장의 후예와 남궁가의 여식을 다치게 할 수는 없습니다."

담각은 머뭇거렸다.

"하지만……!"

소사가 한숨을 내쉬었다.

"저들이 끝가지 물러나지 않는다면 우리가 물러나야 한다는 것이 애초의 계획이었음을 잊지 마십시오, 소군!"

담각은 그래도 선뜻 물러나지 않고 고집을 부렸다.

"하지만……!"

소사가 안색을 싸늘하게 바꾸며 경고하듯 말했다.

"석지화 남궁유화가 철혈검(鐵血劍) 남궁유아 못지않은 기개와 절기를 품고 있었다는 사실을 알아낸 것만도 주군께선 극찬을 하실 겁니다. 하나, 여기서 실수를 하신다면 소주께선 신마루의 후계자 경쟁에서 완전히 낙오하게 되십니다!"

담각이 새삼 어금니를 깨물었다. 다른 건 몰라도 그건 정말 그에게 두려운 일이었다.

'젠장, 하는 수 없지!'

담각은 그제야 포기하고 애써 살기를 억누르며 웃는 낯으로 남궁유화를 향해 공수했다.

"남궁가의 차녀가 장녀 못지 않은 여장부라는 소문이 있더니만, 과연 사실이었구려. 혹시나 하고 호기를 부려 봤는데, 더 이상 버티지 못하겠소. 내가 졌소. 이젠 정말 아버님께 드릴 선물을 다른 곳에서 찾을 수밖에 없겠소."

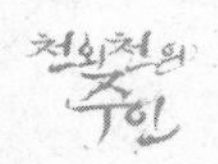

"……!"

남궁유화는 '이게 뭐지' 하는 표정으로 담각을 바라보았다.

그야말로 졸지에 주먹으로 머리를 한 대 맞은 사람처럼 보였다.

담각은 그런 그녀에게 말할 기회를 주고 싶지 않은지 거듭 떠들어 댔다.

"끝내 어디 보자하고 고집을 부렸으니, 보답은 기대하지 않겠소. 대신 우연이라도 나중에 보게 되면 웃으며 인사할 수 있길 바라오. 그럼 본인은 이만……!"

"……!"

남궁유화는 제대로 답례조차 하지 못했다.

그저 눈만 멀뚱거리고 서서 장내를 떠나는 담각 등을 바라보다가 뒤늦게 정신을 차리며 인상을 찌푸렸다.

"뭐야 저거?"

황당해하는 그녀의 의문에 대답해 줄 사람은 없었다.

대신에 그와 상관없이 호들갑을 떨며 나서는 사람은 하나 있었다.

모용자란이었다.

"역시 내가 이럴 줄 알았어! 아까도 우리 오라비가 나섰어도 수틀리면 언니가 나서서 해치우려고 했던 거지? 그렇지?"

남궁유화가 사내가 사내 동생을 다루는 것처럼 모용자란

의 머리를 한 대 쥐어박았다.

"해치우긴 뭘 해치워! 나 지금 아무것도 하지 않은 거 못 봤어?"

모용자란이 꽤나 아팠던지 자라목을 하며 두 손으로 자신의 머리를 쓰다듬는 사이, 사건의 주역인 하화가 다가와서 다소곳이 고개를 숙였다.

"고맙습니다, 아가씨, 아니, 여협. 덕분에 제가 수모를 모면했습니다. 정말 이 은혜를 어떻게 갚아야 할지…… 아, 이럴 게 아니라, 본청으로 드시죠. 제가 대접하겠습니다."

"아니, 그럴 필요 없어요."

남궁유화가 가볍게 손을 내저으며 거절하다가 슬며시 안색을 굳혔다.

"내가 나서지 않았어도 당신이 수모를 당할 일은 없었을 것 같으니까."

그냥 하는 말이 아니었다.

때마침 기민하게 누각으로 올라서는 사내들이 있었다.

호화단의 사내들이었다.

그리고 언제 어느 순간에 나타났는지 모르게 하화의 곁에 산발한 반백의 머리카락으로 얼굴의 반쪽을 가린 중년 사내 하나가 나타났다.

등에 비스듬히 메고 있는 피처럼 붉은 빛깔의 칠현금(七弦琴)이 그의 정체를 말해 주었다.

호화단주이기 이전에 정사지간의 고수를 대표하는 이십팔숙의 하나인 혈금마번 순우황이었다.

그 순우황이 하화를 향해 더 없이 정중하게 포권의 예를 취하며 고개를 숙였다.

"노복이 조금 늦었습니다. 죄송합니다, 아씨."

하화가 손을 내저으며 걱정스럽게 순우황을 바라보았다.

"아니에요. 그보다 괜찮은 거죠? 늦으실 분이 아닌지라……."

그녀는 오히려 순우황을 걱정하고 있었다.

순우황이 거듭 고개를 깊이 숙이며 대답했다.

"잠깐 예기치 못한 사고가 있었는데, 이분 소협의 도움으로……?"

사정을 설명하며 뒤를 돌아보던 순우황의 표정이 볼썽사납게 일그러졌다.

분명 같이 온 누군가를 소개하려는 것으로 보였는데, 그의 뒤에는 아무도 없었다.

그는 이내 안색을 바로하며 다시 말했다.

"오는 길목에 매복이 있음을 미리 알려 준 은인이 있었습니다. 낯을 많이 가리는지 중도에 그냥 돌아간 모양입니다."

"그랬군요. 과연 아직은 살 만한 세상이네요. 저 역시 도움을 받아서 위기를 넘겼거든요."

하화가 그제야 기꺼운 표정으로 남궁유화를 소개하며 사

정을 밝혔다.

"이분 여협께서 도와주셔서……."

순우황이 예사롭지 않은 눈빛으로 남궁유화를 살피면서도 두 손을 모아 공수하며 고개를 숙이는 것으로 고마움을 표시했다.

그러나 순우황의 인사를 받은 남궁유화는 답례하다가 말고 눈을 끔뻑이며 주변을 두리번거렸다.

놀랍게도 설무백 등의 모습이 보이지 않았다.

순우황의 등장으로 한순간 한눈을 판 사이에 거짓말처럼 홀연히 장내에서 사라져 버린 것이다.

"괜찮을까요?"

가가원을 벗어나서 백양반점으로 돌아가는 길이었다.

신법이 미숙한 통에 위지건의 어깨에 들쳐 메져서 가가원을 빠져나온 다음 짐짝처럼 내던져진 주제에 아무렇지도 않게 훌훌 털고 일어난 석자문의 의문이었다.

설무백은 대수롭지 않게 대꾸했다.

"담각은 늘 무엇 하나 부족한 것 없이 기고만장하게만 살아온 자야. 그래서 기를 쓰고 싸우다가 안 되겠다 싶으면 울면서 집으로 돌아가서 아버지를 데려오는 자이기도 하지. 그래서 괜찮을 테니, 걱정 마."

석자문이 우거지상으로 고개를 갸웃거렸다.

"대체 그게 무슨 괴변입니까? 그러니까 더욱 걱정해야 하는 거 아닌가요?"

설무백은 눈총을 주었다.

"담각, 그 녀석은 몰라도 그 녀석 아비인 담황은 작금의 시기에 고작 자신의 생일을 빌미로 남맹의 분란을 조장해서 취할 수 있는 이득이 전혀 없다는 것을 모를 정도로 바보가 아니니까. 이제 이해가 되냐?"

"아……!"

"'아'는 무슨. 제갈명이나 너나 그 좋은 머리를 가지고 왜 이리 종종 단편적인 생각으로 사리판단을 못하는지 모르겠다. 혹시 나 괴롭히려고 일부러 그래?"

"설마요."

석자문이 하하 웃고는 변명했다.

"항상 넓게 숲만 보려고 하니까 종종 숲을 구성하는 나무를 제대로 보지 못하고 놓치는 것뿐입니다. 우리처럼 머리를 쓰는 지략가들의 숙명 같은 습관이죠. 하하하……!"

설무백은 짐짓 곱지 않은 시선으로 석자문을 노려보았다.

"좋지 않은 습관은 금방 자리 잡지. 다 편해지는 것들이거든. 그거 내가 한 방에 고쳐 줄 수 있는데, 도와줄까?"

석자문이 눈을 멀뚱거렸다.

"어떻게 그럴 수 있는데요?"

설무백은 뒤를 따르는 공야무륵을 슬쩍 일별하며 미묘한 미소를 흘렸다.

"공야무륵에게 '앞으로 네게서 한 번만 더 이런 습관이 나오면 목을 쳐라'라고 말해 두면 되지. 어때? 해 줄까?"

석자문이 흠칫하며 공야무륵을 보았다.

공야무륵이 누런 이를 드러내며 히죽 웃었다.

석자문이 꿀꺽 소리가 나도록 마른침을 삼키며 재빨리 손사래를 쳤다.

"아니요! 제가 어찌 그런 개인적인 일로 공야 대협에게 민폐를 끼칠 수 있겠습니까! 어떻게든 제가 알아서 고쳐 보겠습니다!"

"민폐는 무슨, 우리 공야무륵이야 오이 꼭지 따는 거나 사람 목 따는 거나 같다고 생각하는……."

"아닙니다! 제가 알아서 적극적으로 잘 고쳐 보겠습니다!"

석자문이 정색하며 말을 자르고는 다급히 화제를 돌렸다.

"그보다, 담각은 그렇다 치고, 모용초는 어떻습니까? 그 자 역시 그냥 내버려둬도 되는 건가요?"

설무백은 이 말이 화제를 돌리려는 석자문의 노력임을 알면서도 선뜻 관심이 갔다.

모용초가 의외로 보잘 것 없이 찌질한 사내라는 것을 직접 눈으로 확인해서가 아니었다.

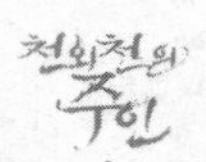

묘하게도 그의 전생에 모용초에 대한 기억이 없었기 때문이다.

모용세가는 비록 무(武)가 아니라 문(文)으로 더 유명한 가문이라 사람들은 수많은 문장가와 정계를 좌지우지할 정도로 높은 벼슬아치가 나온 것만 기억하고 있지만, 기실 뛰어난 무인도 많이 배출했다.

예를 들면 강남칠성(江南七城)의 전설적인 총포두인 남경의 교승 냉사무와 더불어 천하양대명포(天下兩大名捕)로 꼽히는 강북육성(江北六城)의 총포두 신응(神鷹) 모용사관(慕容司爟)이 바로 모용세가 출신이며, 강호 무림에서 흑도십웅과 쌍벽을 이루는 정도십걸(正道十傑)의 하나인 백변귀선(百變鬼扇) 모용태세(慕容太歲)도 모용세가 출신인 것이다.

그런데 묘하게도 진필 모용초에 대한 기억이 전혀 없었다.

모용초가 워낙 하류의 인물이라 기억에 없는 것인지, 아니면 무언가 다른 이유가 있는 것인지, 그는 정말 적잖게 궁금했다.

"어떤 인물이지, 그자?"

"모용초요?"

"응."

"다른 건 모르겠고, 여자를 밝힙니다. 얼마 전 향시(鄕試)에 급제하고, 대과(大科)와 어전시(御前試)를 준비할 정도로 머리도 좋다는데, 다들 딱 하나 그게 문제라고 합니다. 밝혀도 너무 밝히는 거죠."

"대체 여자를 얼마나 밝히기에 그래?"

"사실인지 아닌지는 모르겠지만, 모용세가가 자리한 강서성(江西省) 남창부(南昌府)의 주루나 기원에서 얼굴 좀 팔린 기녀들 중에 그가 자빠트리지 않은 기녀가 없답니다."

"그 정도야?"

"오죽했으면 그리 수더분해 보이는 남궁유화가 면전에서 그리 쪽을 주었겠습니까. 여자에 관해서는 아주 쓰레기라는 것을 그녀도 이미 아는 걸 겁니다."

아무리 다시 돌이켜봐도 남궁유화가 그리 수더분해 보이지는 않았으나, 그것과 별개로 수긍은 할 수 있는 얘기였다.

그런데 석자문이 거기에 불쑥 말을 더 추가했다.

"더 나쁜 소문도 있습니다."

"어떤 소문?"

"그자에게 몸을 내준 기녀들이 종종 소리 소문 하나 없이 사라지거나 느닷없이 변사체로 발견되는 경우가 있었는데, 그게 그의 아이를 배서 그렇다는 소문입니다."

"단순한 소문인 거야, 아니면 조금이라도 신빙성이 있어서 하는 얘기야?"

"단순한 소문에 지나지 않았으면 제가 어디 이런 험악한 얘기까지 꺼냈겠습니까."

석자문이 보란 듯이 심상치 않은 미소를 지으며 의미심장

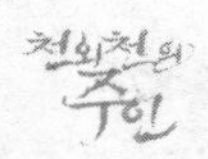

한 말을 덧붙였다.
"그리고 모용초, 그자는 자기와 취미가 같은 자들과 어울리며 약도 하고 그럽니다. 그리고 오늘은 동행하지 않았지만, 그런 일과 잘 어울리는 쓰레기 하나가 그자의 곁에 붙어 있습니다."
"누구?"
"화공수(花攻手) 채번의(採繁意)라는 자입니다."
"화공수 채번의……?"
"이름에 자(字)를 더해서 기존의 명호를 감춘 겁니다. 놈은 바로……!"
설무백은 석자문의 부연을 듣기 무섭게 떠오르는 이름이 하나 있었다.
"화수(花手) 채의(採意)!"
석자문이 즉시 인정했다.
"역시 아시네요. 바로 그놈입니다. 강호 칠대 악인 중에 유일한 색마(色魔)요."
그렇다.
화수 채의는 천하에서 손꼽히는 색마였다.
그는 그저 얼굴만 좀 반반하고 치마만 둘렀다 하면 수단과 방법을 가리지 않고 어떻게든 자기 욕심을 채우고 마는 아주 악질적인 음욕의 화신이라 강호 칠대 악인으로 낙인찍혀 있었다.

"확실해?"

"확실합니다. 사실 제가 굳이 모용초를 언급한 것이 그 때문입니다. 아까 그 자리에 채의가 없어서 말입니다."

석자문은 힘주어 강변했다.

"항상 붙어 다닌다던 자를 떼어 놓고 왔다는 것은 모용초가 오늘의 자리를 그만큼 중요하게 생각했다는 뜻입니다. 그런데 거기서 그녀에게 그런 개망신을 당했으니, 그 인간 성격에 앙심을 품어도 아주 크게 품지 않을까 싶습니다."

설무백은 수긍했다.

'억지 변설로 수치를 무시하고 넘길 수 있을 정도로 뻔뻔스러운 자다!'

오늘 그가 본 모용초는 충분히 석자문의 말과 일치하고도 남을 자였다.

그가 발길을 멈추며 물었다.

"모용초의 거처가 어디지?"

석자문이 어리둥절해하며 반문했다.

"남궁유화의 거처가 아니고요?"

"규중처자는 아니지만 엄연한 여자인 남궁유화가 혼자서 여기 응천부에 머물 리는 없으니, 식구든 누구든 분명 동행자가 있을 거잖아. 아니면 친척 집에 머무는 것이든가. 아냐?"

"아, 예, 맞습니다. 남궁 소저는 외가 쪽의 친척인 형부시랑(刑部侍郎) 종리관(綜理寬)의 자택이 머물고 있습니다."

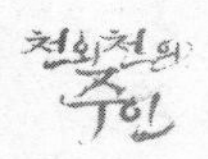

"아무려나, 그럼 소심하다는 건 신중하기도 하다는 건데, 그런 자가 손을 쓴다면 그곳을 노리겠어, 아니면 중간에 손을 쓰겠어?"

석자문이 대번에 감을 잡은 듯 민망한 표정을 드러내며 서둘러 말했다.

"중문대로(中門大路)의 목가객잔(木家客棧)입니다. 여기 응천부에는 가솔들과 함께 왔는데, 가솔들은 전부 다 동생인 모용자란의 거처로 보내고 따로 혼자 머무는 것으로 알고 있습니다."

"가자. 그리고 혹시 모르니……."

설무백은 발길을 돌리며 무심결에 전생을 통해 아는 사정을 얘기하려다가 이내 그냥 말을 얼버무리고 말았다.

"아니다. 일단 가 보자."

사실은 그는 석자문에게 화수 채의를 염두에 두고 따로 주의를 주려고 했다.

작금의 강호에서 화수 채의는 단지 섭혼술(攝魂術)의 귀재요, 미혼약(迷魂藥)의 대가로만 알려져 있을 뿐, 무공은 고작 삼류를 겨우 벗어난 수준에 불과하다고 알려져 있으나, 실제는 그렇지 않았다.

화수 채의의 무공은 정사지간의 고수들을 대변하는 이십팔숙과 버금갔다.

작금의 세상에서 이를 알고 있는 사람이 얼마나 되는지는 모르겠으나, 그가 아는 한 채의는 천하십대권법의 하나로 꼽히는 백옥수(白玉手)를 익히고 있었다.

그러나 생각해 보니 지금 굳이 그와 같은 사실까지 밝힐 필요는 없을 것 같았다.

아직은 모용초가 사달을 일으켰다는 보장도 없고, 설령 사달을 일으켰다고 해도 그 일에 채의가 가담했다는 확신도 없었다.

지금으로서는 모든 것이 다 짐작이고 예상일뿐인 미지수인 것이다.

그랬는데, 설무백 등이 중문대로에 도착해서 목가객잔의 초입으로 들어섰을 때였다.

모든 것이 짐작도, 예상도 아닌 현실임을 알리는 전조가 나타났다.

어디선가 이상한 소리가 들려왔다.

매우 흐리고 미약해서 오직 설무백의 귀에만 들리는 소리였는데, 잠시 잠깐 스쳐 가는 소리였으나, 직감적으로 매우 거슬렸다.

설무백은 눈살을 찌푸리며 소리가 들려온 방향을 바라보았다.

"혹시 목가객잔이 저쪽에 있나?"

석자문이 신기하다는 눈빛으로 그를 바라보았다.

"그걸 어떻게……? 아, 어릴 때 사셨다고 하더니, 이쪽 지

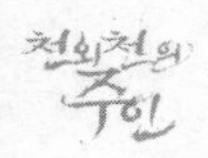

역이었던 겁니까?"

설무백은 이미 그 자리에 없었다.

그는 이미 석자문의 말이 끝나기도 전에 새처럼 날아올라 대번에 대로변을 장식한 수십 채의 기와지붕을 가로질러서 목가객잔의 정원으로 내려섰다.

늦은 밤이라 그런지 정원에는 사람의 모습이 보이지 않았다.

다만 전신의 감각을 북돋으며 귀를 기울이자, 수많은 사람들이 머무는 객잔의 방에서 일어나는 모든 소리가 한꺼번에 들려와서 그를 어지럽게 했다.

하지만 그는 오만가지 잡다한 그 소음(騷音) 속에서 원하는 소리를 정확히 골라낼 수 있었다.

"네, 네놈은……?"

"까불지 말고, 그냥 있어!"

"내, 내게…… 야, 약을……!"

"염화정분(染花精粉)이란 거다. 남자는 물에 타서 마셔도 아무런 효력이 없지만 너 같은 계집은 한숨만 흡입해도 체내의 음기를 솟구치게 만들어서 제정신으로는 도저히 몸을 가눌 수 없게 만들지. 그냥 발정난 개가 되는 거야. 흐흐흐……!"

"미, 미친……!"

"닥쳐 건방진 계집아! 걸레 같은 년이 감히 나를 무시하고 조롱해! 어디 일을 치루고 나서도 내게 그럴 수 있는지 보자!

전신에 멍이 들도록 발정난 개처럼 다루어 주마!"

설무백은 지그시 이를 악물었다.

멀리서 기분 나쁘게 느껴진 그의 직감이 옳았다.

대번에 누군지 알 수 있는 사람들이, 바로 모용초와 남궁유화가 절대 주고받으면 안 되는 말들을 주고받고 있었다.

설무백은 즉시 날아올라서 목소리가 흘러나온 객잔의 삼층 창문을 박살 내며 안으로 들어갔다.

흐릿한 등촉불이 밝히는 방 안, 안쪽의 또 다른 창가에 놓인 침상에 발가벗겨진 채 누워 있는 남궁유화와 막 바지만을 벗은 채 그녀를 덮치려고 엎드린 모용초의 모습이 보였다.

"누, 누구……?"

개처럼 엎드린 모용초가 창문을 박살 내고 들어선 불청객에게 놀라서 발작적으로 고개를 돌렸다.

너무 당황해서인지 얼굴을 마주치고도 설무백을 알아보지 못하는 눈치였다.

하지만 설무백은 상관하지 않았다.

그의 눈에는 이미 불이 밝혀졌다.

이번 생에서 그가 처음 드러내는 분노의 광망이었다.

"웬 놈이냐고?"

모용초가 상황 파악도 하지 못하고 악을 썼다.

아니, 어느 정도 상황 파악은 한 것 같았다.

악을 쓰면서도 개처럼 엎드린 자세를 그대로 유지하고 있었다.

상상할 수 있는 가장 무방비한 자세로 적을 맞이한 시점임을 인식하며 무언가 기회를 엿보는 것이었다.

그러나 설무백은 조금도 신경 쓰지 않았다.

모용초가 어떤 수단을 강구하고, 무슨 수작을 부리던 그게 그에게 위협이 될 수는 없었다.

그는 뚜벅뚜벅 다가가서 모용초의 머리채를 잡고 남궁유화의 몸에서 끌어내렸다.

모용초는 그것을 기회라고 생각한 모양이었다.

섬뜩한 한기가 일어났다.

암습이었다.

고개가 왈칵 뒤로 젖혀지며 끌려오던 모용초가 침상 가에 놓인 칼을 잡아서 휘두른 것이다.

그러나.

턱-!

설무백은 아무렇지도 않게 손을 내밀어서 모용초가 휘두른 칼날을 잡았다.

그리고 슬쩍 당겨서 뺏어갔다.

"헉!"

모용초가 경악했다.

그가 휘두른 칼날은 엄연히 검기를 뿜어낼 정도로 상당한 공력이 담겨 있었다.

그는 상당한 무공을 익혔으면서도 아닌 것처럼 세상을 속이고 있었던 것이다.

그런데 설무백이 맨손으로 그가 휘두른 칼날을 낚아채 버린 것이다.

"너, 너는 누구냐?"

모용초가 비로소 겁을 집어먹은 눈치로 말을 더듬었다.

설무백은 그런 그를 슬쩍 밀쳐서 엉덩방아를 찧게 만들어 놓고는 수중의 칼날을 한 손가락으로 튀겼다.

쨍-!

경쾌한 쇳소리가 울리며 보도(寶刀)까지는 아니어도 제법 공들여 제련한 것으로 보이는 강도(剛刀)가 격렬하게 진동하다가 여러 조각으로 부러져 버렸다.

"사, 살려 주십시오!"

벗겨진 바지가 발목에 걸려 엉거주춤한 자세로 양물(陽物)을 드러낸 채 주저앉아 있던 모용초가 대번에 태세를 전환하며 무릎을 꿇고 머리를 조아렸다.

"사, 살려 주십시오, 대협! 원하시는 게 있다면 그게 뭐든 다 해 드리겠습니다!"

설무백은 모용초의 뒤통수를 내려다보며 한숨을 내쉬었다.

너무 한심한 놈이라 죽이니 살리니 하는 생각조차 없었던

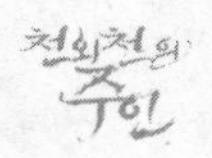

그에게 살심이 일어나는 순간이었다.

"살려 둘 가치가 없는 종자구나 넌."

말과 동시에 그는 수중에 들고 있던 손잡이만 남은 칼로 모용초의 뒤통수를 내리쳤다.

손잡이만 남은 칼은 비록 날카롭진 않아도 충분히 단단했다.

퍽-!

둔탁한 파열음이 터지며 모용추의 머리가 수박처럼 박살 났다.

비명은커녕 자신이 어떻게 죽었는지조차 모르는 죽음이었다.

붉은 피와 허연 뇌수가 사방으로 비산하는 그때, 밖에서 빠르게 접근하는 인기척이 느껴졌다.

설무백은 재빨리 침상으로 가서 이불로 남궁유화의 알몸을 덮어 주었다.

때를 같이해서 인기척의 주인공들이 방으로 들어섰다.

대부분은 앞서 설무백이 박살 낸 창문을 통해서였으나, 한 사람은 방문을 통해서였다.

그리고 그들은 당황해서 서로를 마주보며 대치했다.

설무백은 어리둥절했다.

당연히 공야무륵 등 일행이 따라온 것이라고 생각했는데, 그들만이 아니었다.

방문을 열고 다급히 들어선 사람은 일행이 아닌 낯선 얼굴의 중년인이었다.

설무백은 뒤늦게 중년인의 정체를 알아보며 두 눈을 끔뻑거렸다.

"포쾌(捕快)?"

그랬다.

방문을 열고 들이닥친 중년인은 작은 청색 모자를 쓰고, 청의(靑衣)에 붉은색 배갑(背甲 : 겉옷의 일종)을 입었으며, 허리에는 청색 천으로 만들어진 띠를, 일명 청사직대(靑絲織帶)를 둘러서 포쾌라는 신분을 드러내고 있었다.

다만 과시하듯 허리에 매단 금빛 포승(捕繩)이 그가 보통의 포쾌가 아님을 알려 주었다.

금빛 포승은 포두(捕頭)급의 인물들 중에서도 특별한 공을 세워서 기존의 품계를 넘어선 포두에게만 주어지는 일종의 상징이었고, 관을 통틀어도 그런 포두는 흔치 않았다.

아니나 다를까, 가는 실눈과 칼처럼 날카롭게 뻗어 내려온 콧날이 인상적인 중년의 포두는 과연 범상치 않은 관헌이었다.

예기치 못한 상황에 직면한 사람이 다 그렇듯 잠시 머뭇거린 그가 이내 정신을 차리고 금빛 포승을 풀어들며 소리쳐서 그와 같은 자신의 정체를 드러냈다.

"다들 꼼짝 마라! 나는 포두 냉사무다! 너희들을 피의 밤

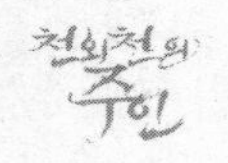

사건의 용의자로 전부 체포하겠다!"

설무백은 내심 절로 고소를 금치 못했다.

일엽부평귀대해(一葉浮萍歸大海), 인생하처불상봉(人生何處不相逢)이라, 세상은 참 넓고도 좁아서 물에 뜬 부평초가 큰 바다에 이르는 것처럼 어떤 인생이든 어느 곳에서든지 다시 만나게 된다더니, 지금이 딱 그 짝이었다.

하필이면 이런 상황에서 과거 예충을 잡아가 둔 강남칠성의 전설적인 총포두인 교승 냉사무를 만날 줄이야 그가 어찌 꿈에라도 상상할 수 있었겠는가.

워낙 오래전부터 들어온 사연의 주인공이라서 그런지, 그는 반가웠다.

시간만 있다면 자리를 마련해서 그날의 얘기를 듣고 싶을 정도였다.

그러나 그럴 여유가 없었다.

상황이 너무나도 절묘했다.

우선 어디선가 암중에서 지켜보던 시선 하나가 빠르게 물러가고 있었다.

아마도 화수 채의가 아닐까 싶은데, 모르긴 해도 지금 냉사무가 말하는 피의 밤 사건과 관계되어 있을 가능성이 매우 높았다.

그리고 지금은 무엇보다도 그의 바지 깃을 잡아당기는 손이 있었다.

남궁유화의 손이었다.

붉게 변한 얼굴, 핏발이 곤두선 두 눈의 그녀가 바들바들 떨리는 손으로 그의 바지 깃을 잡아당기며 더 없이 애절한 눈빛을 던지고 있었다.

"어, 어서 이 자리를……! 우, 운기를 할 수 있는……!"

'염화정분!'

위험했다.

염화정분이 어느 정도나 강력한 미혼약인지는 모르겠으나, 이대로 방치했다가는 그녀의 생명을 보장할 수 없었다.

"잠깐!"

설무백은 다급히 손을 들어서 냉사무의 행동을 막고 남궁유화를 이불로 돌돌 말아서 품에 안아들며 말했다.

"하늘에 맹세코 나는, 아니, 우리는 피의 밤인가 뭔가 하는 그 사건과 무관하오. 내 생각에는 여기 내가 죽인 자와 암중에서 우리를 지켜보다가 지금 동북방 방향으로 도주하고 있는 자가 아마도 당신이 찾고 있는 범인일 가능성이 높소. 그러니……!"

"닥쳐라!"

냉사무가 준엄하게 잘라 말했다.

"무고라면 관아에서 당당히 밝히면 되는 일, 어서 당장에 무릎을 꿇지 못할까!"

설무백은 냉사무의 강경함에 더 이상의 설명이 필요 없음

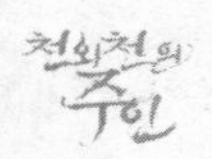

을 느끼며 창밖으로 신형을 날렸다.

"막아!"

냉사무가 반응을 보였다.

공야무륵이 그 앞을 막아섰다.

창문을 벗어나선 설무백은 감각적으로 그것을 느끼며 소리쳐 당부했다.

"죽이진 말고!"

다음 순간, 폭음이 터지며 객잔의 지붕이 터져 나가고 있었다.

설무백은 그 상황을 느끼며 못내 걱정이 되었지만 멈출 수는 없었다.

이불에 쌓인 남궁유화의 전신이 불덩이처럼 뜨거웠다.

서둘러야 했다.

비록 그는 염화정분을 치료할 수 있는 약을 가지고 있진 않지만, 남궁유화가 원하는 바가 무엇인지는 정확히 파악하고 있었다.

남궁유화는 모종의 운기조식으로 혹은 순수한 내공의 힘으로 염화정분의 독성을 극복하려는 생각이 분명했다.

그는 그게 가능한 건지 아닌지를 떠나서 그저 그녀의 결정을 도울 수밖에 없었다.

전생에서도 그는 미약을 쓰며 강간이나 일삼는 색마, 음적(陰賊)들은 치 떨리게 싫어해서 상종도 하지 않은 까닭에 그런

쪽의 지식이 없었기 때문이다.

그냥 막연히 충분히 가능하기에 그녀가 그와 같은 방법을 선택한 것이라고 생각해 버린 것이다.

그러나 그게 실수, 오판이었다.

설무백은 그야말로 사력을 다한 신법으로 성내를 벗어나서 안전하다고 생각한 이름 모를 산기슭의 외딴 길목에 남궁유화를 내려놓고 나서야 그것을 깨달을 수 있었다.

남궁유화는 강호 무림의 양대산맥인 소림과 무당의 내공과 어깨를 나란히 한다는 남궁세가의 제왕신공(帝王神功)을 상당한 경지까지 익힌 것이 분명했다.

설무백이 자리를 마련해 주자, 자신이 실오라기 하나 걸치지 않은 알몸임을 알면서도 이불을 벗어나서 곧바로 가부좌를 틀고 앉은 그녀는 내공을 운기했다.

불타오르는 욕념을 내공으로 억누르며 염화정분의 독기를 제거하려는 시도였다.

효과가 있었다.

안색이 본래의 기색을 되찾았다.

그러나 잠시였다.

남궁유화의 안색이 이내 빠르게, 처음보다도 더 시뻘겋게 물들어 갔다.

사력을 다해서 욕념을 억누르려고 하다가 너무 심하게 어금니를 악물었는지 악다문 그녀의 입술 사이로 핏물이 배어

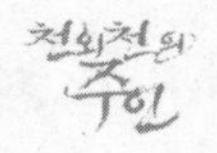

나고 있었다.

"으으……!"

설무백은 일그러진 얼굴로 억눌린 신음을 흘리는 남궁유화의 모습을 보고서야 일이 뜻대로 되지 않고 틀어졌음을 느끼며 그녀에게 다가갔다.

그도 생각해 둔 방법이 하나 있었다.

격체전공(隔體傳功), 자신의 내공을 전해서 그녀의 돕는 방법이었다.

타인의 내공으로 자신의 체내에 침습한 독기를 몰아내는 것은 아차 하는 순간에 목숨을 잃거나 폐인이 되는 것이 다반사 일만큼 위험한 일이나, 어차피 여자이기에 생사의 갈림길과 다름없는 기로에 서 있는 지금의 그녀로서는 거부할 이유가 없을 터였다.

그때 남궁유화가 번쩍 두 눈을 뜨며 가까이 다가선 그의 소매를 잡았다.

"가, 가요……! 어, 어서 내, 내 곁에서…… 머, 멀리 떠, 떨어져요!"

떨리는 손길로 그를 잡고, 떨리는 목소리로 사정하는 그녀의 두 눈은 기어코 실핏줄이 터져서 붉은 핏물을 머금고 있었다.

그야말로 참을 수 없는 정염의 수렁에 빠져서 몸부림치는 모습이었데, 그 와중에도 그를 사내로 보고 내치려는 것을 보니, 참으로 대단한 여자였다.

설무백은 새삼 고소를 금치 못하며 그녀의 손을 지그시 억눌러 잡고 냉정하게 말했다.

"그럴 수 없소. 대신 격체전공을 펼칠 테니, 어디 한번 같이 해결해 봅시다."

남궁유화가 새삼 입술을 깨물어서 피를 내며 고개를 저었다.

"트, 틀렸어요. 이, 이대로는 가, 가망이 전혀……!"

설무백은 자신의 소매를 잡은 그녀의 손을 완력으로 빼내서 맥을 잡았다.

우선은 강제로라도 진기를 주입할 생각이었다.

그러다가 그는 안색이 변하며 절로 침음을 흘렸다.

남궁유화의 말대로였다.

염화정분은 그가 아는 여타 미혼약보다 몇 배는 더 지독한 것 같았다.

남궁유화의 혈맥은 이미 불타고 있었다.

욕념을 넘어선 욕정의 기운이 이미 그녀의 전신을 장악해 버려서 그가 진기를 주입할 수조차 없었던 것이다.

위험했다.

설무백은 이것저것 가리고 따질 여유도 없이 다급하게 물었다.

"정인이 있소? 아니면 마음에 둔 사내라도?"

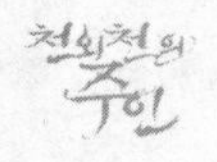

말을 하고 나서야 이 질문이 얼마나 헛된 것인지 깨달을 정도로 그는 정신이 없었다.

남궁유화에게 그런 사내가 있다고 해도 그가 어떻게 지금 당장 두 사람을 만날 수 있게 해 준단 말인가.

설무백이 뒤늦게 그걸 깨닫고 탄식하는 참인데, 남궁유화가 부들부들 떨리는 손으로 자신의 검을 검갑 내밀었다.

"나, 나를…… 주, 죽여…… 줘요!"

설무백은 묘한 기분에 사로잡힌 눈빛으로 자신에게 매달리는 남궁유화를 바라보았다.

웃을 수도 없고 울 수도 없는, 그야말로 뭐라고 형용하기 어려운 기분이 그를 잠식했다.

극단이 처방이긴 하나 살 수 있는 방법이 전혀 없는 것이 아니었다.

지금 그녀는 정욕을 부르는 미혼분에 당한 것이니, 정욕을 풀면 되는 것이다.

그런데 죽여 달란다.

'내가 그 정도나 매력이 없는 사내인가?'

설무백은 상황과 어울리지 않게 은근히 부아가 치밀어 올랐으나, 한편으로 정심하다 못해 독한 그녀의 심성이 마음에 들었다.

"나는 살인마가 아니오."

설무백은 단호하게 그녀의 부탁을 거절하며 검을 내쳤다.

투닥-!

수중의 검을 힘없이 놓친 남궁유화가 불타는 시선으로 그를 노려보았다.

설무백은 그녀의 시선을 피하지 않고 마주했다.

남궁유화가 새삼 지그시 입술을 깨물어서 피를 내며 뒷걸음질 쳤으나, 소용없었다.

그녀의 눈빛이 급격히 자아를 잃어 갔다.

욕정의 마수가 빠르게 그녀의 정신을 삼켰다.

설무백은 그저 묵묵히 그런 그녀를 바라만보고 있었다.

남궁유화가 이내 뒷걸음질을 멈추며 사나운 표범으로 돌변해서 그를 덮쳤다.

본의 아니게 뒤로 넘어간 그의 옷을 발기발기 찢었다.

그녀의 손톱에 긁히며 그는 생각했다.

'여자와 자 본 것이 언제였더라?'

구중천九重天 (11)

누구에게는 본의 아니게 젖어드는 죄의식 속에 무진장의 설렘과 따가운 손톱자국을 남기고, 다른 누구에게는 막연한 두려움과 어중간한 수치 속에 적잖은 고통을 전해 주었다.

그들에게 공히 그 어떤 격렬한 싸움에서도 보이지 않던 땀을 흐르게 만들어 준 열락의 시간이 빠르게 흘렀다.

구름을 벗어난 달빛이 전설처럼 그윽하게 그들의 머리 위로 쏟아지고 있었다.

설무백은 무조건 참으려 애썼다.

이건 사사로운 정념이 개입한 농락이나 희롱이 아닌 구원의 손길임을 자처하기 위함이었다.

그러나 정욕의 노예가 되어 버린 남궁유화는 거침이 없었다.

그녀는 굶주림 속에서 먹이를 발견한 살쾡이처럼, 원수와 마주친 상처 입은 한 마리 표범처럼 그를 붙잡은 채 할퀴고 깨물며 좀처럼 놓아 주지 않았다.

염화정분의 독성으로 이성을 잃은 그녀는 처음 겪는 무산지몽(巫山之夢)의 고통조차 전혀 느끼지 못하고 있었다.

염화정분이 최음의 효과만이 아니라 극상의 정념을 일으키는 미혼약이기 때문에 그럴 수밖에 없었다.

그녀는 소리를 지르며 울었다.

설무백이라는 사내를 뼛속깊이 선명하게 각인하는 울음이었다.

그리고 마침내 움직일 수도 없고, 움직이지 않을 수도 없는 모순된 감정 속에서 모든 것이 끝나며 염화정분의 독성이 소멸되었다.

"아……!"

찰나의 순간이 영원처럼 길게 흘렀다.

설무백은 조용히 그녀의 몸에서 떨어져서 옆에 누웠다.

우거진 아름드리나무가지 사이로 비치는 달빛이 눈부셨지만, 그가 눈을 감은 것은 그 때문이 아니었다.

남궁유화가 부스스 일어나 앉았다.

설무백은 눈을 감은 채 그대로 누워서 꼼짝도 하지 않았다.

일어난 그녀가 그를 바라보며 색마, 강간범이라고 욕하는 것 같아서 눈을 뜰 수도, 일어나 앉을 수도 없었다.

이런 일은 그 역시 전생을 포함해서 처음 겪는 것이었다.

마땅한 대응이 떠오르기는커녕 온갖 상념만 들끓고 있었다.

'죽이려고 들까?'

하지만 그런 일은 벌어지지 않았다.

잠시 앉아 있던 남궁유화가 곧 주섬주섬 주변을 챙기더니, 옆에 나뒹굴고 있던 이불로 그를 덮어 주며 자리에서 일어났다.

설무백은 그제야 눈을 떴다.

찢어진 옷가지로 대충 몸을 가린 남궁유화가 물끄러미 그를 내려다보고 있었다.

설무백은 다시 눈을 감으려다가 그만두고 그녀의 시선을 마주했다.

남궁유화가 그제야 자신이 걸친 찢어진 그의 옷가지와 주변의 펼쳐진 천 조각들을 둘러보며 물었다.

"내가 그런 거겠죠?"

설무백은 누운 채로 고개를 끄덕였다.

"뭐, 대충……."

남궁유화가 더 묻지 않고 돌아서며 말했다.

"기다려요. 입을 만한 옷을 구해 오죠."

설무백은 반사적으로 상체를 일으켰다.

"아니, 나는 괜……!"

"기다려요!"

남궁유화가 단호하게 잘라 말했다.

"책임을 지라는 것이 아니라 조금이라도 책임을 지려는 거니까!"

설무백은 어쩔 수 없이 그냥 눌러 앉아 있었다.

앙칼지게 소리치고 있으나, 못내 떨림이 배어 있는 그녀의 목소리를 느꼈기 때문이다.

그녀도 그처럼 처음 겪는 일이라 몹시 당황스럽고 매우 황당한 처지이면서도 애써 태연을 가장하고 있는 것이었다.

"가능하면 빨리 돌아오도록 하죠."

남궁유화가 이내 한마디를 남기고 바람처럼 그 자리에서 사라졌다.

설무백이 놀랐을 정도로 매우 뛰어난 경신술이었다.

그녀가 언니인 남궁유아와 비등한 여고수라는 세간의 소문이 사실로 증명되는 순간이었다.

"역시……!"

설무백은 절로 감탄하다가 이내 안색을 바꾸며 불쑥 물었다.

"언제부터 봤어?"

지근거리의 암중에서 적잖게 곤혹스러워하는 혈영의 목소

리가 들려왔다.

"그게 두 분이 같이하고 나서부터…… 하지만 그때부터 내내, 지금도 돌아서 있었습니다."

설무백은 피식 웃으며 물었다.

"다른 사람들은?"

"제가 곧장 주군을 따라오는 바람에……!"

혈영이 죄송스럽다는 듯이 대답하고는 서둘러 부연했다.

"주군께서 워낙 빨리 내달리는 통에 저도 따르느라 애를 먹었습니다. 여기까지 따라오기는 힘들 테니, 거기서의 일을 끝냈으면 백양반점으로 돌아가 있을 겁니다."

상대가 천하양대명포로 꼽히는 강남칠성의 총포두 교승냉사무임에도 불구하고 공야무륵 등이 당할 거라고는 전혀 생각하지 않는 대답이었다.

"하긴……."

설무백도 생각이 같아서 더는 묻지 말했다.

"그보다 어서 겉옷이나 하나 벗어 줘."

혈영이 잠시 뜸을 들였다가 혼잣말로 중얼거렸다.

"저보다 더 여심을 모르면 곤란한데……."

"뭐라는 거야?"

"기다리라며 옷을 구하러 갔잖습니까. 그전에 다른 옷을 찾아 입는 건 예의가 아니지 않나요?"

"그런가?"

설무백은 멋쩍게 입맛을 다셨다.

듣고 보니 그런 것 같기도 했다.

그러나 그렇다고 알몸인 상태로 이불 속에 죽치고 앉아 있는 것도 예의는 아닐 것이다.

그는 덮고 있던 이불의 홑청을 찢어서 대충 중요 부위만 가린 상태로 몸에 걸치고 일어났다가 딱히 다른 일을 할 것이 없어서 다시 앉았다.

무료한 시간이 흘러갔다.

다행히 그리 긴 시간은 아니었다.

남궁유화는 가능하면 빨리 돌아오겠다는 약속을 지켰다.

자리를 떠난 지 불과 반식경도 지나지 않아서 돌아온 것이다.

"인근 민가에서 돈을 지불하고 구한 거니 다른 생각 말고 그냥 입어요."

검은색 마의를 내미는 남궁유화는 이미 다른 옷으로 갈아입은 상태였다.

같은 집에서 구했는지 허름한 평복이었는데, 그건 또 그것대로 그녀와 어울렸다.

마의를 건네받은 설무백이 물끄러미 그녀를 바라보았다.

그녀가 왜 그러냐는 듯이 그의 시선을 마주했다.

설무백은 마의를 들어 보였다.

"아!"

남궁유화가 그제야 깨달으며 돌아섰다.

설무백은 못내 미소를 짓고는 그녀가 가져다준 마의로 갈아입으며 지나가는 말처럼 물었다.

"어떻게 된 일이오?"

남궁유화가 잠시 여유를 두었다가 말문을 열었다.

"거기서 일행과 헤어지고 거처로 돌아가다가 길목에서 그자를 만났어요. 자신이 성급했다며 사과를 한다더니, 기습을 하더군요. 암기인 줄 알고 베어 버리려 했는데, 독분(毒粉)주머니였어요. 그 다음은…… 본 그대로고요."

대답을 끝낸 그녀가 재우쳐 물었다.

"이번엔 제가 묻죠. 어떻게 알고 찾아온 거죠?"

일말의 의심도 내포되어 있는 것으로 느껴지는 질문이었다.

너무나도 적시나 타나난 설무백의 존재가 그녀의 입장에선 있는 그대로 받아들이기 어려운 것 같았다.

설무백은 솔직하게 대답했다.

"제법 명석한 수하가 하나 있소. 그가 그럽디다. 모용초 그자는 편협한 성격에 육욕을 밝히며 그런 쪽으로 좋지 못한 자들과 어울린다고. 그런 자를 면전에서 개망신을 주었으니, 곱게 넘어갈 것 같지 않다고."

"상관없지 않나요? 제삼자에 불과한데?"

"내가 좋은 건 몰라도 싫은 건 티를 내는 성격이라 그냥 넘어갈 수 없었소."

"……."

"참고로 모용초는 죽었소."

"얼핏 기억나요. 당신이 죽였죠?"

"내가 목숨을 노리고 칼을 휘두르며 달려드는 자를 살려 둘 정도로 호인이 아니라서……."

설무백은 이미 옷을 다 입었고, 남궁유화도 이미 그걸 느끼고 있었다.

그러나 남궁유화는 끝내 돌아서지 않고 그대로 서서 잠시 뜸을 들이다가 물었다.

"고마워요. 빚을 졌어요. 어떤 식으로든 갚고 싶은데, 어떻게 보상하면 될까요?"

설무백은 누가 보지도 않는데 불쾌한 기색을 미소로 감추며 반문했다.

"주고 싶은 것이 뭐요? 무엇을 얼마나 줄 수 있소?"

남궁유화가 대답하지 못했다.

농담처럼 말하고 있지만, 이게 진심 어린 질문이 아니라 무언가 화를 내고 있는 것 같다는 느낌 정도는 그녀도 능히 느낄 수 있었다.

그녀는 변명처럼 말하며 그를 설득하려 들었다.

"제아무리 은혜는 가슴에 새기는 것이지 말로 남기는 것이 아니라고 하지만, 세상의 그 어떤 정심한 마음도 말하지 않고, 드러내지 않으면 아무것도 아닌 거예요. 적어도 나는 그렇게 생각해요."

그러나 설무백은 설득당하지 않았다.

비록 그가 순정을 따지는 사람은 아니지만, 아무리 그래도 남궁유화는 전생과 이생을 통틀어서 그가 처음으로 맞이한 연분이었다.

서로가 원해서 이루어진 것이 아닐지라도 그런 소중한 연분에 은혜니 보상이니 따위의 말을 덧씌워서 하찮게 여겨지게 되는 것이 그는 싫었다.

그럴 바에야 차라리 그냥 없던 일로 하고 말끔하게 잊어버리는 것이 백 번 나았다.

"뭐, 듣고 보니 그럴 수도 있겠구려. 하지만 나는 그저 불가피하게 벌어진 일일 뿐, 서로가 원해서 벌어진 일도 아닌데 은혜를 갚느니 마느니 하는 것도 우스운 것 같소. 그러니 그냥 두고 서로 잊읍시다. 어떻소? 나는 그게 가장 좋은 것 같은데?"

남궁유화가 조금은 당황한 기색으로 되물었다.

"정말 그러길 바라나요?"

설무백은 흔쾌하게 대답했다.

"나는 물론, 당신을 위해서도 그게 가장 좋을 것 같소."

남궁유화가 잠시 대답을 않고 뜸을 들였다.

무언가 아쉬워서 망설이는 것이 아니라 정말로 그래도 되는 것인지 생각하는 것 같은 모습이었는데, 이내 그녀가 결정을 내리며 고개를 끄덕였다.

"알겠어요. 그게 당신이 원하는 것이라면 그대로 따르도록 하죠."

설무백은 한결 홀가분해진 기분이었다.

아쉬운 마음이 없다면 거짓말일 테지만, 저급하게 은혜를 따지는 것보다는 확실히 이렇게 정리하는 것이 나았다.

"고맙소. 그럼 구차하고 지지부진하게 시간 끌 것 없이 이대로 헤어집시다. 맺고 끊는 것은 짧고 간단할수록 좋은 것 아니겠소."

"아, 예…… 그러죠."

남궁유화는 그제야 돌아서서 설무백을 마주했고, 정신을 차린 이후 처음으로 시선을 교환했다.

그리고 그녀는 문득 이건 아니라는, 무언가 잘못되었다는 기분에 사로잡혔다.

그녀가 여전히 정체를 모르는 설무백의 얼굴에는 일체의 사심(邪心)도 보이지 않았다.

그녀는 본의 아니게 위축되었다.

상대를 오해했다는 미안한 마음이 작용한 감정도 있기는 했으나, 그에 앞서 상대, 사내에게서는 알 수 없는 묘한 힘이 느껴졌다.

부족함 없이 말끔하게 비웃는 것도, 찬동하는 것도 아닌 묘

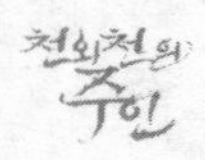

한 그의 미소와 그래, 그럴 수도 있겠지, 이해한다, 하는 듯이 달관해 보이는 눈빛에서 전해지는 그 힘은 그녀가 가지고 있지 않은 그 무엇이었다.

그때.

"그럼 본인은 이만……!"

상대, 사내가 짧게 공수하며 돌아섰다.

남궁유화는 붙잡고 싶었으나, 너무나도 갑작스럽게 떠오른 감정이라 머리가 하얗게 변해서 도무지 그 어떤 방법도 떠오르지 않았다.

누구라도 좋으니 도움의 손길을 내밀어 주면 좋으련만 지금 그녀의 주변에는 아무도 없었다.

그녀는 그저 마음만 급해서 허둥대다가 이내 홀로 남은 자신의 처지를 깨달으며 새파랗게 질려 버렸다.

갑자기 숨이 턱 막히는 것 답답했다.

가슴에 커다란 구멍이 뚫린 것처럼 허전하기도 했다.

망연자실한 기분에 사로잡힌 그녀는 그대로 스르르 주저앉고 말았다.

"통성명도 제대로 하지 않고……!"

백양반점으로 돌아가는 길에 어디선가 닭이 홰를 치며 울었다.

새벽이 깨어나고 있었다.

어슴푸레 밝아오는 동녘의 푸른빛이 끊어질 듯 끊어지지 않고 너울진 기와지붕 자락을 타고 이어지고, 드문드문 열린 기와지붕의 틈새로 조용히 흐르는 새털구름이 한가롭게 보이는 새벽이었다.

그러나 성벽을 넘어서 성내로 진입한 설무백은 조금도 한가롭지 않았다.

설무백은 조급하게 발길을 서두르고 있었다.

내색은 삼갔으나, 교승 냉사무나 화수 채의나 그리 만만하게 볼 자들이 아니었다.

그런 자들을 공야무륵 등에게만 맡기고 자리를 떴던 것이 못내 마음에 걸렸다.

그런데 그와는 다른 생각으로 마음이 조급한 사람이 있었다.

암중에서 그를 따르는 혈영이 그랬다.

혈영은 끝내 참지 못하고 물었다.

"이대로 괜찮습니까?"

갑자기 밑도 끝도 없이 건넨 질문이었으나, 설무백은 제대로 알아들었다.

그 역시 마음 한구석에 그와 같은 생각이 있었기 때문이다.

"이대로가 서로에게 좋아."

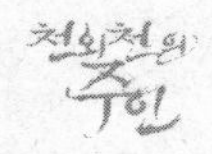

혈영이 잠시 뜸을 들이다가 말을 받았다.

"꽤나 강단 있는 여협으로 보이긴 했습니다만, 그래도 어쨌거나 여자입니다. 강한 여자일수록 본심을 감추려는 자기기만이 강해서 쉽게 남자를 인정하지 않지요."

"여자에 대한 조예가 이리 깊은지 몰랐군. 그래서 내게 해주고 싶은 말이 뭐야?"

"남자에겐 몰라도 여자에겐 절대 쉽게 잊을 수 있는 일이 아니라는 겁니다. 오늘 밤의 일이 말입니다."

설무백은 이제야 혈영이 가진 태생의 비밀이 뇌리를 스쳤다.

과거 누군가의 하룻밤 연정으로 태어난 사생아가 바로 혈영이었고, 끝내 버림받은 그 여인이, 바로 어머니가 끝내 그 남자를 잊지 못한 채 돌아가실 때까지 곁을 지킨 사람도 바로 혈영이었다.

물론 그래서는 아니었지만, 혈영의 말을 내심 인정할 수 있었다.

그래서 그는 못내 마음이 산란해지긴 했으나, 애초의 생각을 바꿀 정도는 아니었다.

"혈영, 네 말대로 그녀는 강한 여자고, 세상에 넘지 못할 산은 없는 법이야."

물이 맑으면 갓끈을 씻고, 물이 흐리면 발을 씻으면 된다는 말이 있다.

그녀는 강한 여자이니 어렵지 않게 적응할 것이다.

어쩌면 처음에는 조금 버거워할지 몰라도 차차 익숙해지며 적응해 나갈 것이다.

여세추이(與世推移)라, 그게 무엇이든 새롭게 변한 것이 있으면 그것과 타협하며 변화에 발맞추어 살아가는 것도 인생의 지혜이고, 그녀는 능히 그럴 수 있을 정도로 강한 여자라는 생각이었다.

혈영이 문득 그런 그의 생각에 반기를 들었다.

"그래도 여자는 여잡니다. 그리고 정작 주군께서는 그렇게 사시지 못하잖습니까."

"내가 뭐?"

"좀처럼 세상과 타협을 안 하시죠."

"천만에! 나는 엄청 타협하며 사는 거야."

"이렇게 사는 게요?"

"응. 과거의 내가 어땠는지 안다면 절대 그런 소리 못할 걸?"

혈영이 할 말 잃었다는 눈치다가 이내 불쑥 말꼬리를 잡았다.

"그녀도 주군과 같은 부류라면 어쩌실 겁니까? 엄청 타협하며 살아도 지금의 주군과 같다면요?"

예기치 못한 역습이었다.

설무백은 일순 기분이 묘해졌으나, 이내 씩 웃으며 솔직하

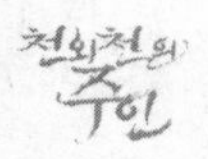

게 대답했다.

"나와 같다면 언제고 나를 찾아오겠지."

"찾아오면요?"

"당연히 받아 줘야지 그때는."

혈영이 잠시 대꾸를 못하고 있다가 이윽고 한결 풀어진 목소리로 탄식을 흘렸다.

"정말 속 편하시네요."

설무백은 내친김에 더욱 솔직한 속내를 드러냈다.

"속 편한 것이 아니라, 대범한 척하는 거야. 사내니까."

혈영이 예의 차분한 목소리로 돌아가서 말을 받았다.

"그보다는 먼저 찾아가는 것이 더 대범한 사내라고 말하고 싶지만, 그건 또 그것대로 대범한 것이 분명하니……."

설무백은 문득 손을 들어서 혈영의 말을 잘랐다.

"뭐야? 없는데?"

대화를 나누는 동안에도 그들은 발걸음을 멈추지 않고 재촉해서 어느새 백양반점으로 들어서는 문가에 도착한 상태였다.

고도의 감각을 지닌 그는 거기서도 대번에 백양반점 내부에 공야무륵 등이 없음을 간파할 수 있었다.

혈영도 놀라움을 내비쳤다.

"설마 아직 거기에……?"

설무백은 뒤돌아 신형을 날렸다.

중문대로의 목가객잔을 향해서였다.

너무 안일하게 생각했는지도 몰랐다.

설마 그럴 리가 없다고 생각하면도 어쩔 수 없이 공야무륵 등의 안위가 걱정돼서 절로 조바심이 나고 있었다.

그런데 다행이었다.

혹시나 하던 그의 우려가 틀렸다.

공야무륵 등은 예상대로 목가객잔에 있었으나, 멀쩡한 모습으로 술을 마시고 있었다.

우습지 않게도 교승 냉사무와 함께하는 술자리였다.

구중천九重天 (12)

"그게, 알고 보니 말이 통하는 사람이라……."

실내의 모든 집기는 깨지고 부서져서 쓰레기더미로 변하고, 지붕이 날아가서 희뿌연 새벽하늘이 내다보이는 목가객잔의 방이었다.

공야무륵이 냉사무와 위지건, 석자문 등과 함께 바닥에 옹기종기 둘러앉아서 술을 마시고 있다가 부서져 나간 창문을 통해서 안으로 들어선 설무백을 보고 벌떡 일어나서 멋쩍게 건넨 말이었다.

설무백은 우려하던 상황이 아니라 안도하면서도 이 또한 전혀 예상치 못한 모습이라 선뜻 뭐라고 할 말이 없었다.

위지건과 함께 뒤따라 일어난 석자문이 서둘러 공야무륵

의 말을 부연했다.

"관헌과의 오해는 푸는 것이 좋지요. 하물며 제가 평소 존경하던 강남칠성의 총포두시라 미력하나마 술 한 잔 대접하지 않을 수 없었습니다."

설무백은 묵묵히 고개를 끄덕였다.

잘했다고 할 수도 없고, 못했다고 할 수도 없는 애매한 상황이라 기분만 묘했다.

그때 모두가 일어나서 그를 맞이하는 바람에 혼자만 앉아 있던 냉사무가 말했다.

"지붕 안 무너지니까……가 아니라 무너질 천장도 없으니, 앉지. 안 그래도 기다리고 있던 참이었어. 물어볼 말이 있어서 말이야."

설무백이 뭐라고 대꾸하기도 전에 공야무륵이 대뜸 '쿵' 하고 사납게 발을 구르며 나섰다.

"나를 대할 때는 아무래도 좋지. 나야 원래 그렇게 생겨먹은 놈이니까. 하지만 주군하고 얘기할 때는 달라. 적어도 하대는 용납하기 어려워."

냉사무가 어이없다는 눈치로 공야무륵을 보았다.

"대단하군. 여태 나와 주거니 받거니 하며 술잔을 기울인 그 사람이 자네 맞나싶군."

공야무륵이 냉사무를 바라보는 눈에 힘을 주며 히죽 웃었다.

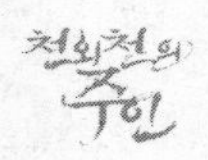

"그러게 말했잖소. 난 원래 이렇게 생겨먹은 놈이라니까."
냉사무가 알았다는 듯이 어깨를 으쓱하고는 설무백에게 시선을 주며 말했다.
"그래도 어쩔 수 없어. 내게 있어 너희들을 대하는 반말은 황명을 받들어 국법을 봉행하는 관헌 나리의 특권이니까. 그러니 불만스러워도 그냥 참아."
공야무륵이 기다렸다는 듯 물었다.
"죽일까요?"
거칠어진 눈빛으로 냉사무를 쳐다보며 설무백에게 묻는 말이었다.
장내가 대번에 삭막해졌다.
살기가 비등하며 장내가 얼어붙었다.
냉사무도 적잖게 긴장한 기색이었다.
한 사람의 등장으로 인해 분위기가 이처럼 돌변할 수 있다는 사실을 그는 믿기 어렵다는 눈치였다.
설무백은 슬쩍 손을 들어서 공야무륵을 말렸다.
"제아무리 강호 무림의 서열이 나이로 정해지는 것이 아니라지만, 고작 약관을 넘긴 내가 지천명(知天命 : 50살)을 훌쩍 넘긴 사람에게 반말을 들었다고 화를 내면 어디 쓰나."
사실이었다.
마흔이나 되었을까 싶은 중년의 외모인 냉사무는 기실 낼모레면 칠순을 앞둔 노인인 것이다.

설무백은 웃는 낯으로 털썩 자리에 앉으며 술자리에 끼어들었다.

"그만두고 나도 술 한잔하자. 딱 한 잔만. 안 그래도 조금 목이 마르던 참이었거든."

장내의 분위기가 다시금 돌변했다.

과중한 위압감으로 살벌하던 장내의 공기가 대번에 부드러워졌다.

공야무륵이 살기를 거두고, 위지건과 석자문이 긴장을 풀며 조용히 자리에 앉은 결과였다.

냉사무가 진정 묘하다는 표정으로 설무백을 보았다.

설무백은 그런 그에게 술잔을 내밀었다.

"물어볼 말이 있다면서요?"

냉사무가 묵묵히 옆에 놓인 술병을 들어서 그의 술잔을 채워 주고 나서 물었다.

"아까 자네가 계집을 들쳐 업고 내게 말해 준 암중의 그자가 누군지 알고 있나?"

설무백은 내심 고개를 갸웃했다.

'계집……?'

냉사무는 본의 아니게 그가 빼돌린 남궁유화가 남궁세가의 여식이라는 사실을 모르고 있었다.

제아무리 천방지축 격식을 따지지 않는 냉사무라도 감히 남궁세가의 여식을 계집이라고 칭하지는 못할 것이기 때문

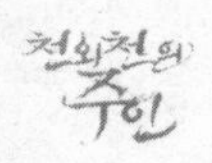

이다.
아니나 다를까, 그가 슬쩍 쳐다본 석자문이 의미심장한 미소를 보였다.
자세한 내막은 모르겠으나, 남궁유화의 신분을 냉사무에게 감춘 것이다.
나쁘지 않았다.
아니, 다행이라는 생각이 들 정도로 매우 좋았다.
본의 아니게 그가 그녀와 엮인 상황에서 그녀의 신분이 드러나는 것은 좋지 않았다.
"뭐 대충……."
설무백은 마음을 다잡으며 대답해 주었다.
"짐작은 하고 있지요."
냉사무가 급히 물었다.
"누구지 그가?"
설무백은 대답이 망설여졌다.
그자의 정체로 말미암아 남궁유화의 신분이 드러날 수도 있다는 생각이 들어서였다.
그는 대답을 뒤로 미룬 채 먼저 물었다.
"그전에 먼저 듣고 싶은 게 있군요. 대체 피의 밤 사건이 뭡니까?"
냉사무가 별다른 의심 없이 혹은 그런 느낌이 들도록 태연하게 설명해 주었다.

"넉 달 전, 인근 자하 포구(子夏浦口)에 있는 창고에서 백여 구의 시체가 발견되었다. 하나같이 어린 아이들이었고, 하나같이 전신의 피를 최다 토해 낸 것처럼 혹은 누군가 강제로 뽑아낸 것처럼 선혈이 낭자한 모습인 괴이한 죽음이었지. 우리 관에서는 그날을 피의 밤이라고 부른다."

"그럼 오늘 우리들에게 그날의 용의자라고 한 이유는 뭐죠?"

"모용초와 같이 있었으니까."

"하면……?"

설무백은 이제야 감이 왔다.

냉사무가 그런 그의 변화를 살피려는 듯 예리한 눈초리로 주시하며 설명을 덧붙였다.

"나는 그날 그곳의 피웅덩이 속에서 모용세가와 화수 채의의 흔적을 발견했다. 그리고 모용세가에서 채의와 어울리는 자는 진필 모용초 하나뿐임을 알아내고 그동안 은밀하게 뒤를 캐고 있었다."

설무백은 고개를 끄덕였다.

"화수 채의의 종적을 찾을 수 없어서 모용초를 잡아들이지 않고 뒤에서 기다렸다는 소리군요."

"과연, 무림인다운 발상이군."

냉사무가 가볍게 웃는 낯으로 고개를 저었다.

"그게 아니다. 채의를 잡아서 그날의 사건에 모용초가 가

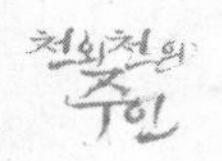

담했다는 실토를 받아 내야만 모용초를 잡아들일 수 있기 때문이다."

설무백은 묵묵히 고개를 끄덕였다.

나머지는 굳이 설명을 듣지 않아도 알 수 있었다.

일개 관헌 나부랭이가 이렇다 할 확증도 없이 세도가 중의 세도가인 모용세가의 적자를 범인으로 체포할 수는 없을 터였다.

'세상에 쉬운 일이 없어.'

설무백은 본의 아니게 냉사무의 답답한 심중을 이해돼서 내심 혀를 찼다.

그리고 들고 있던 술잔의 술을 단숨에 들이켜고 나서 자리를 털고 일어나며 말했다.

"무슨 생각으로 나를 기다렸는지는 아직도 잘 모르겠지만, 아까 여기서 도주한 그자는 확실히 천하의 색마요, 강호 칠대 악인의 하나인 화의 채의가 맞을 테니, 지금이라도 서둘러서 흔적을 추적해 봐요."

견고하던 냉사무의 눈빛이 흔들렸다.

분명 무언가 하고 싶은 말이 있는 것 같은데, 애써 참는 눈치가 엿보였다.

설무백은 그에 아랑곳하지 않고 정중히 공수하며 돌아섰다.

"그럼 저는 이만…… 밤새 잠을 설쳤더니 피곤하네요."

냉사무가 못내 아쉬운 눈치를 드러내면서도 끝내 잡지 않았다.

설무백은 애써 그런 냉사무를 외면하고 서둘러서 목가객잔을 벗어났다.

그리고 곧장 거처인 백양반점으로 돌아와서 석자문과 공야무륵 등을 쉬라고 내보낸 다음, 창가의 다탁에 자리를 잡고 앉아 말했다.

"왔으면 들어오지 않고 뭐해?"

약간의 여유가 지난 뒤, 창문이 스르르 열리며 한 사람이 안으로 들어섰다.

호리호리한 체구에 제법 영준하고 강직한 인상인 사십대의 사내였다.

설무백은 씩 웃으며 물었다.

"화수 채의 맞지?"

화수 채의는 조용한 침묵으로 설무백의 말을 수긍하며 맞은편에 앉았다.

그리고 무슨 연유에서인지 그대로 침묵을 유지한 채 설무백의 시선을 마주하고만 있었다.

무심한 듯 냉정한 채의의 눈초리가 이채로웠다.

무언가 망설이는 것인가, 아니면 기 싸움을 하자는 것인가?

설무백은 아무래도 상관없었다.

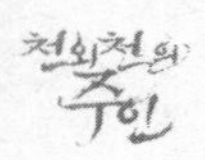

목가객잔에서 암중에 웅크린 채 묵묵히 치켜보는 채의의 시선을 느끼고 냉사무와 해어질 때만 해도 밖으로 나와서 뒷덜미를 잡을 생각이었으나, 이내 생각을 바꾸어서 묵묵히 거처로 돌아온 것은 조용히 뒤를 따라나서는 냉사무가 자신에게 무언가 용무가 있다고 생각해서였다.

그게 무엇이든 먼저 작심하고 따라온 사람이니 얼마든지 기다려 줄 수 있었다.

그런데 의외로 기다림의 시간은 짧았다.

무언가 망설인 것이라면 결정이 빠른 셈이고, 기 싸움을 원한 거라면 빠른 포기였다.

현명한 판단이었다.

시간이 갈수록 채의는 설무백에 대해서 점점 의문만 가중되었지만, 설무백은 채의에 대해서 빠르게 알아가고 있었기 때문이다.

채의가 그것을 느낀 듯 이내 그의 시선을 피하며 말했다.

"내가 한 짓이 아니오."

설무백은 지금 채의가 무엇을 말하는지 감이 왔으나, 무시하고 확인했다.

"뭐가?"

채의가 대답했다.

"피의 밤 사건 말이오. 내가 그날 자하 포구에 갔던 것은 사실이나, 내가 갔을 때는 이미 피바다였소."

설무백은 알겠다는 듯 고개를 끄덕이며 물었다.

"그럼 모용초의 짓인가?"

채의가 곤혹스러운 표정으로 고개를 저었다.

"그건 나도 모르오. 피의 밤 사건이 벌어지기 전부터, 그가 종종 눈여겨봐 둔 처자를 거기로 납치해서 강간한 것은 사실이나, 원래 알고 있던 장소인지, 아니면 그냥 우연의 일치인지 나로서는 알 도리가 없소."

"의심은 가는데 그게 사실인지 아닌지 알 도리가 없다는 건가?"

"……그렇소."

"좋아, 그렇다고 치고."

설무백은 기꺼이 고개를 끄덕여 주고는 느긋하게 팔짱을 끼며 재우쳐 말했다.

"곧이 나를 찾아와서 그걸 밝히는 이유가 뭐야?"

채의가 무거운 눈빛, 그늘진 안색으로 한참을 망설이다가 슬며시 손을 들어서 얼굴을 문질렀다.

그의 얼굴에 흐릿하게 자리한 주름이 밀리고 살이 겹쳐지는가 싶더니, 한 꺼풀 얼굴이 떨어지면서 새로운 얼굴이 드러났다.

이십대의 재기발랄한 얼굴이었다.

정교한 인피면구(人皮面具)였다.

어쩌면 실제로 사람의 얼굴 가죽을 벗겨서 만들었는지도

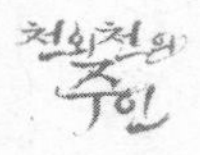

모를 인피면구를 수중에 든 그는 이제 파릇파릇한 이십대의 청년으로 변해 있었다.

참으로 놀라운 일이었다.

아무리 대단한 정력을 가진 화화 공자도 전성기는 스물에서 마흔까지의 청년기를 전후한 이삼십 년이 고작이라, 젊은 시절의 모습을 유지하는 것은 그 시기가 다였다.

그런데 실제 나이가 팔십에 육박하는 채의가 여전히 이십대의 용모를 유지하고 있었다.

채의는 유부녀건 처녀건 가리지 않고 마구 능욕해서 지금까지 당한 여인만도 수백 명이고, 개중에는 치욕을 이기지 못하고 자살한 여인들이 부지기수라는 악명을 떨치는 음적, 색마지만, 정작 자신은 사악한 채음보양술(採陰補陽術)로 여인의 음기(陰氣)를 갈취해서 젊음을 유지하고 있다고 하더니, 그게 사실인 것 같았다.

하지만 그게 아니었다.

진실은 따로 있었고, 이내 채의가 젊은 모습을 드러낸 채의가 어눌한 목소리로 그것을 밝혔다.

"나는 화의 채의가 아니오. 나는 융사(戎士)고. 그저 우연찮게 죽어는 그를 만나서 예상치 못한 후의를 입었을 뿐이오. 그가 천하에 둘도 없는 색마라는 사실도 나중에 알았소."

우선 충격적인 변화였고, 더 없이 놀라운 실토였다.

그러나 설무백은 조금도 놀라거나 당황하지 않았다.

채의와 대면한 순간부터 그는 어느 정도 지금과 같은 상황을 짐작하고 있었다.

자세한 내막은 잘 모르겠으나, 오늘 마주한 채의가 전생을 통해 그가 아는 채의와 다르다는 것을 이미 알아차렸기 때문이다.

그는 알았다는 듯 고개를 끄덕이며 그에 대한 설명을 강요했다.

"그래서?"

자칭 가짜 채의라는 융사가 대답했다.

"나와 모용초의 관계를 아는 자들은 그저 모용초가 나와 어울린다고 알 테지만, 사실은 그렇지가 않소. 나는 그저 그의 회유와 협박에 넘어가서 그의 추잡한 짓을 도왔을 뿐이오."

"모용초보다 더 강한 무공을 지닌 네가 모용초의 회유와 협박에 넘어갈 이유가 어디에 있지?"

"그는 세도가의 자식이고 나는 천하에 다시없을 음적, 색마의 전인이기 때문이오."

강호 무림에서 살인보다도 다 비난받는 일이 바로 강간이다.

강간은 살인보다도 더 세인들의 도덕적인 감정을 건드리기 때문인데, 따라서 강호 무림에서는 색마가 살인마보다 더욱 악적 취급을 받는다.

모용초는 융사가 색마 채의의 전인임을 알게 되자 그 점을

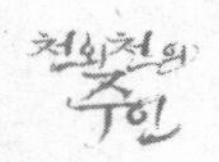

교묘하게 이용해서 회유하고 또 협박을 해 가며 시종처럼 부렸다고 했다.

모용초는 그만한 권력을 가진 세도가의 핏줄이고, 융사는 강호 무림은커녕 세상 물정 하나 모르는 신출내기 애송이에 불과했기에 가능한 일이었다.

"사부라면 사부인 화수 채의가 전해 준 화의신공(花議神功)의 특성을 제대로 파악하지 못하고 낯선 처자를 죽인 한 번의 실수로 삼 년 동안이나 그에게 개처럼 끌려 다니며 복종했소. 누명을 벗게 해 준다는, 적어도 없던 일로 만들어 주겠다는 그의 말을 믿고서 말이오."

설무백은 웃었다. 비웃음이었다.

그 상태로, 그는 눈살을 찌푸리며 물었다.

"바보냐, 너?"

융사가 왜 그런 말을 하는지 안다는 듯 홍시처럼 붉어진 얼굴로 변명했다.

"말했잖소. 내가 세상 물정 하나 모르는 멍청이였다고. 그래도 최근 들어 이게 아니다 싶어서 이 핑계, 저 핑계를 대가며 그와 떨어져 있었소. 못내 교승 냉사무를 끌어들인 것이 어쩌면 그일지도 모른다는 의심이 들기도 하고 해서……."

설무백은 한심하다는 표정으로 끌끌 혀를 차며 면박을 주듯 캐물었다.

"애초에 너를 구속한 그 사건이 그자의 함정이었을 수도 있다는 생각은 못해 봤고?"

융사가 한층 더 붉게 달아오른 얼굴로 변명을 추가했다.

"그 역시 최근 들어 의심이 들었지만, 달리 확인할 방법이 없어서……."

설무백은 한숨을 쉬고 또 쉬다가 아무래도 지금까지 들은 융사의 말만 가지고는 못내 납득하기 어려운 부분이 있어서 자못 냉정하게 따지고 들었다.

"뭐야? 대체 뭐가 더 있는 거야?"

융사가 어금니를 악문 채 마음속 깊이 숙고하는 듯하다가 힘겹게 입을 열어서 대답했다.

"몽고족(蒙古族) 출신으로, 모용세가의 시비였으나, 모용지현(慕容智賢)의 눈에 들어서 하룻밤 노리개가 되었다는 죄로 내쫓긴 융(戎) 아무개라는 여인이 내 어머니요."

설무백은 한 방 맞은 것 같은 기분이었다.

모용지현이라면 모용세가의 현 가주인 모용상린의 차남으로, 모용세가의 소가주이며, 바로 모용초의 아버지가 되는 사람이다.

즉, 융사는 모용초의 이복형제인 것이다.

"세상 참 엿 같다 그지?"

설무백은 한마디 욕설로 융사의 기분을 대변했다.

자신의 어머니를 아버지의 하룻밤 노리개라고 말하는 순간부터 이미 융사가 가슴에 품은 아픔이 절절하게 느껴져서

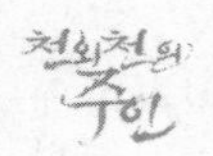

더는 세세한 내막을 캐묻고 싶은 마음이 사라져 버렸다.
대신에 그는 다른 것을 물었다.
"그런데 왜 하필 하고 많은 사람들 중에 나를 찾아온 거야? 내가 그리 만만해 보였어?"
융사가 비틀린 미소를 지으며 대답했다.
"만만해 보였다면 찾아오지 않았을 거요. 교승 냉사무를 대하듯 그냥 피했겠지. 하지만 도무지 만만해 보이지 않아서 찾아왔소."
"그러니까 왜?"
"덕분에 자유를 찾았는데, 마땅히 갈 곳이 없소."
설무백은 이게 대체 무슨 허무맹랑한 소린가 싶어서 절로 오만상을 찡그리다가 절로 '덕분에'라는 말을 곱씹게 되었다.
생각해 보니 참으로 여러 가지 의미가 담긴 말이었다.
융사는 모용초를 죽이고 싶어도 죽일 수가 없었다는 뜻이었다.
모용초는 미우나 고우나 명색이 이복형제였고, 그는 핏줄을 죽일 수 있을 정도로 독하지 못했던 것이다.
그러니 덕분에 자유를 찾았다고도 말할 수 있을 터이다.
지난 날 융사가 저지른 과오가 그를 구속하기 위한 모용초의 함정이든 아니든 이제 그걸 이용하던 모용초가 죽은 이상, 그날의 일을 기억하는 사람이 하나도 없게 된 것이다.
"밥값은 할 테니, 받아 주시오."

융사가 못내 상념에 빠진 그를 직시하며 다부진 태도로 말을 덧붙였다.

"식객이라도 좋소."

설무백은 지그시 융사를 바라보았다.

아무리 생각해도 지금 그는 융사가 하는 말을 어느 정도 믿어야 하는지 알 수 없었다.

다만 융사가 어떤 속내를 가지고 무슨 짓을 하든 능히 제어할 수 있다는 자신감이 그에게는 있었다.

그것으로 충분했다.

'다다익선(多多益善)……!'

사람의 그릇은 얼마나 강하느냐로 결정되는 것이 아니라 얼마나 많은 사람을 포용할 수 있느냐로 결정된다고 하지 않았나.

지금의 그는 다다익선이었다.

"대신 조건이 있다."

"어떤……?"

"냉사무를 찾아가서 지금 이 자리에서 내게 했던 말을 그대로 전해라."

융사가 크게 당황했다.

"그, 그는 믿지 않을 거요!"

설무백은 태연하게 말했다.

"믿도록 잘 설득해 봐."

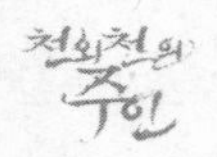

융사가 예의 안정된 기색으로 돌아가서 물었다.
"그래도 믿지 않으면, 설득이 안 되면 어떻게 하오?"
"그럼 별수 없지."
설무백은 아무렇지도 않게 잘라 말했다.
"죽이고 와."
융사는 사뭇 가늘게 좁힌 눈으로 설무백의 시선을 마주했다.
무엇이라도 좋으니 설무백의 속내를 읽어 보려는 노력이었다.
그러나 소용없었다.
깊고 고요하게 가라앉은 설무백의 눈빛에서 그가 읽을 수 있는 것은 느긋한 여유와 도무지 감을 잡을 수 없는 자신감이 다였다.
"알겠소!"
융사는 즉시 자리를 박차고 일어나서 공수하며 창밖으로 튀어나갔다.
"다녀오겠소!"
설무백은 사라지는 융사는 쳐다보지도 않고 자리에 없는 위지건을 호명했다.
"위지건!"
왈칵 방문이 열리며 위지건이 뛰어 들어왔다.
그는 내내 방문 밖에서 대기하고 있었던 것이다.

설무백은 다급히 면전에 서는 위지건에게 명령했다.

"쫓아가서 그가 내 명령을 제대로 따르는지 지켜봐라."

"제대로 따르면……?"

위지건의 반문이 미처 끝나기도 전에 설무백이 먼저 말했다.

"죽여라."

위지건이 한 번 더 반문했다.

"제대로 따르면 어떻게 하죠?"

설무백은 대수롭지 않게 대답했다.

"냉사무의 태도를 봐야지. 융사의 얘기를 듣고도 냉사무가 용인하지 않으면 융사를 도와서 냉사무를 죽여라."

"옙, 알겠습니다!"

위지건이 이번에야 말로 두 말없이 대답하고는 앞서 융사가 빠져나간 창문을 통해서 밖으로 사라졌다.

장승처럼 거대한 덩치가 무색하게 바람소리 하나 나지 않는 절정의 신법이었다.

설무백은 그제야 다탁에 놓인 차병에서 느긋하게 차를 한 잔 따라 마셨다.

그사이 위지건과 함께 방문 밖에서 서성거리고 있던 공야무륵과 석자문이 안으로 들어섰다.

설무백은 방 안으로 들어서는 그들을 보면서도 얼토당토않은 경고를 날렸다.

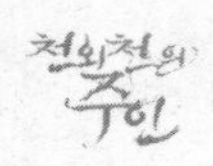

"나와. 아니면 그대로 죽는다."

공야무륵과 석자문이 움찔하며 굳어졌다.

처음에는 자신들에게 하는 말인 줄 알고 크게 당황하던 그들은 이내 주변에 그들이 감지할 수 없는 누군가가 있다는 사실을 깨달으며 바짝 긴장한 채로 주변을 두리번거리고 있었다.

그때였다.

놀랍게도 방 안에서 정말 흔히 볼 수 없는 기사(奇事)가 벌어졌다.

공야무륵과 석자문의 뒤에서, 정확히는 그들의 그림자 속에서 검은 형체 하나가 불쑥 솟았다.

이내 사람의 모습으로 변한 그 검은 형체는 바로 삼절가인 하화를 지키는 호화단주인 혈금마번 순우황이었다.

공야무륵과 석자문이 반사적으로 물러나서 태세를 갖추는 가운데, 그가 설무백을 향해 정중히 공수하며 말했다.

"귀공을 뵙고자 하는 분이 계시어 이렇듯 무례를 저질렀소. 부디 너그럽게 용인하고, 시간을 내주길 바라오."

설무백은 당연히 삼절가인이라 불리는 예기 하화를 만나는 줄 알았다.

그러나 그게 아니었다.

하화는 순우황과 마찬가지로 일개 매개체인 심부름꾼에 불과했다.

놀랍게도 그를 기다리고 있는 사람은 천상천하유아독존(天上天下唯我獨尊), 당금 천하의 하늘인 황제, 명 태조(明太祖)인 홍무제 주원장이었다.

다음 권으로 이어집니다

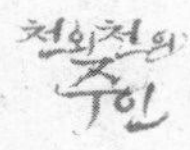

공작가 장남은 군대로 가출한다

로튼애플 퓨전 판타지 장편소설

멸망이 예견된 대륙에서 벌어지는 신들의 한판 게임!
차원을 뛰어넘어 신들조차 때려잡을 게임 브레이커가 나타났다!
『공작가 장남은 군대로 가출한다』

끝없이 몰려오는 몬스터의 파도를 맞아
최후의 최후까지 버티던 이정후, 아니 제이든 레온하르트
10여 년 전, '신의 게임'이라는 이름하에 이계로 떨어진 후
생존을 위해 발악하였으나
제국 최강의 가문까지 말아먹고 드디어 죽음을 목전에 둔 순간!

축하합니다. '이정후' 님께서는
갓 게임 베타테스터 중 최후까지 살아남으셨습니다.

……이 모든 일이 베타테스트였다고?

최후의 생존자 특전으로
본게임에서 남들보다 10년 먼저 시작하게 된 제이든
전 대륙을 덮치는 몬스터 웨이브에서
오직 '살아남기 위해' 그가 선택한 길은 바로
대몬스터전 최전방 북부군에 자원입대하는 것!

온 대륙에 멸망의 징조가 나타날 때
군대로 가출했던 그가 돌아온다!
강철의 검과 대륙 최강의 신수神獸로 세상을 구원하라!

ROK MEDIA
로크미디어